大师的心灵

石华鹏 著

十六部世界经典小说漫读

江苏凤凰文艺出版社
JIANGSU PHOENIX LITERATURE AND ART PUBLISHING

图书在版编目（CIP）数据

大师的心灵：十六部世界经典小说漫读 / 石华鹏著
.—南京：江苏凤凰文艺出版社，2021.5
ISBN 978 - 7 - 5594 - 5795 - 0

Ⅰ.①大…　Ⅱ.①石…　Ⅲ.①小说—文学欣赏—世界
Ⅳ.①I106.4

中国版本图书馆 CIP 数据核字(2021)第 074063 号

大师的心灵：十六部世界经典小说漫读

石华鹏　著

出 版 人　张在健
责任编辑　李　黎
特邀编辑　郭　幸
装帧设计　夏艺堂
责任印制　刘　巍
出版发行　江苏凤凰文艺出版社
　　　　　南京市中央路 165 号，邮编：210009
网　　址　http://www.jswenyi.com
印　　刷　苏州市越洋印刷有限公司
开　　本　880 毫米×1230 毫米　1/32
印　　张　7.125
字　　数　164 千字
版　　次　2021 年 6 月第 1 版
印　　次　2021 年 6 月第 1 次印刷
书　　号　ISBN 978 - 7 - 5594 - 5795 - 0
定　　价　40.00 元

目录

复述中的遗失与浮现

巴里科《三个黎明》

一

巴里科是谁？

那部堪称伟大的电影《海上钢琴师》的原著作者。他有很多身份：小说家、剧作家、评论家、电视主持人、写作学校校长等。不过他最值得尊敬的身份是小说家（创造性和辨识性兼具），其他身份是他吸引读者和获取市场的隐身衣。

巴里科，1958 年出生，意大利都灵人，今年（2021 年）63 岁。很多这个年龄的作家开始走下坡路，而他的创作力依旧坚挺，不见衰退的迹象。

巴里科是一位让人期待又不会让人失望的小说家。也许，期待与不让人失望之间构成某种因果但绝非必然关系，有一类作家，不时让读者失望但读者仍期待，还有一类作家，偶尔让人失望便不再期待，而巴里科均不在二者之列。

巴里科的写作堪称少有的完美：可观的全球市场销量和不失水准的艺术性、节制的作品数量与独特的先锋美学追求，这几对看似难以调和的矛盾，他几乎做到了完美平衡和价值最大化。可以说，他是这个全媒体时代如鱼得水的成功作家。从卡尔维诺到艾柯到巴里科，我们对陌生的当代意大利文学有了一种绚烂的“偏见”：建立在丰赡知识上的想象力、对小说形式永不枯竭的探求、开辟严肃文学的大众化阅读并扩大世界影响力、让写作始终运行在一条纯粹而深邃的路上……这似乎是严肃小说写作的完美之途。

征服了全世界观众的电影《海上钢琴师》让原著作者巴里科站到了文学前沿，人们知道，没有“永不下船的1900”这个绝美的故事创意，就不会有这部伟大的电影。由电影追溯到文字，我们惊讶地发现，巴里科钻石般闪亮的文学光芒并不逊色于电影的七彩光影，在剧本和小说之间“摇摆”的特别文本《1900：独白》，是那种第一句话就吸引我们并让我们沉浸其间，随作者的想象之船开始犁浪前行的作品，文采飞扬，想象独特，既不失生活的厚实，又有深沉的人文思考。

其实，读过巴里科的多数小说后我们发现，《1900：独白》是巴里科名声最大但并非他最好的作品，他的《蚕丝》《不要流血》《愤怒的城堡》等甚至更胜于《1900：独白》，这些小说铺展的故事和题旨比《1900：独白》更丰富、更幽深、更斑斓。

某种程度上，巴里科为我们提供了一种未来严肃小说的范式：现代主义与现实主义杂糅而成的奇特景观，即现代人的情感和欲望与现实故事的寓言化传奇性融为一体、互为表里。他的现实主义并非根据现实生活绘制和复制形象——超越现实之上的传奇想象；他的现代主义并非拒人于千里之外让人头晕脑胀的符号和隐喻——有限度的拼贴和解构但留下故事和人物的索引图直抵精神空间。用翻译家吴正仪的话说，巴里科的小说具有“亦真亦幻的神秘色彩”“童话般的美妙，历险式的惊悚”。

二

2021 年第 1 期《世界文学》杂志刊发了巴里科写于 2012 年的中篇小说《三个黎明》。这是《三个黎明》首次被译成汉语。

《三个黎明》的故事和结构仍很酷，很“巴里科”，这个短短 5 万字的小说呈现出来的境况，如黎明之际的天空一样，明暗交织，朦胧中透着澄澈，亦真亦幻。

三个故事，发生时间为三个黎明，地点为三家不同酒店。时辰相似，场景大致固定，故事主要由对话推进——与其称其为故事，不如称其为三个生活片段，或生活场景。

第一个故事。夜半时刻，一家旅馆的大堂里，一个优雅的有故事的女人与一个男人搭讪上了。两个陌生人的交谈果然如搭讪的套路那般始于谈论天气。女人似乎刚从一个聚会上下来，光鲜而疲惫。说着说着，女人提出借男人的房间休息一下，因为天快亮了。于是一对刚结识的中年男女，转场到房间里继续交谈。男人自称是做秤的，有很多业务要去处理，女人一直拖着男人说话而让他无法脱身。女人讲述自己故事，她的生活并不如意，时常陷入麻烦之中，但是她一直梦想着重新开始。她说她曾有过一个孩子，孩子让她焦虑，她想放弃这一切。当男人问她为何在17岁时就有了一个孩子时，女人说“这并不是一个美丽的故事”，她不想再提它了。说话中，女人脱掉了裙子和胸衣，钻到被子里去。男人站在床边。交谈于是有了色诱的成分。在黎明前的混沌粘稠的空气中，男人也敞开心扉讲述自己的遭遇。他13岁时家中的一场大火让一切平静的生活破碎了，他开始一种逃离的生活。女人让男人到床上来，男人清醒地拒绝，男人总觉得应该离开这里，但一直没有迈开脚步。黎明到来了，“远处的天空被一缕模糊的光线照亮，对一切都不再肯定”，警察来敲门了，带走了男人。男人没有反抗，平静就范。女人是便衣警察，男人随身带着的那只手枪，被女人抢在手中。“一切都在掌握之中，”女人说，“手枪在我这里。”警察点头表示同意。故事结束。

第二个故事。一个60来岁的门卫，在郊区一间寒酸酒店的大堂，目睹了一个男青年对一个单纯少女的庸俗和粗鲁行为。男孩女孩是一对恋人。门卫趁女孩下楼取毛巾的时候，奉劝女孩离开这个男孩。这无疑是一个老门卫突兀且无厘头的要求。女孩生气地问为什么，门卫说我蹲过13年监狱，我在里边读过很多书，“我有些年纪了，什么都见过”，我能看出那个男孩有暴力和悲剧倾向，你得离开他。女孩说我喜欢坏，我就是坏，我在世界面前保护自己，坏有什么不好。青春期的叛逆与见过世面的教训冲突到一起，老门卫依旧语重心长：年轻的时候需要谨慎，因为年轻的脾气秉性将会持续一生……年轻的时候，坏好像是你可以拥有的一种奢侈，其实不然，坏是一道冰冷的光，“在那里任何事情都会失去色彩，而且将会永远失去”。这个16岁的可爱女孩与这个“有些年纪，什么都见过”的门卫达成了一项协议：女孩马上离开，门卫用讲述自己的故事作为交换。逃离途中，门卫讲述了他枪杀过一个人的故事，这个故事对女孩来说有吸引力且惊悚。当把女孩送上一辆汽车，那个男孩追出来了，男孩殴打了门卫，门卫没有还手，胸前的肋骨断了，门卫忍受着剧痛苏醒过来时，发现黎明的光线还在。

第三个故事。一个56岁的女警察在一个破旧的旅馆看守着一个13岁的男孩，这个男孩涉嫌一桩自家房屋被烧毁、父母双双被烧死的案件。女警察觉得自己“很久没做出点漂亮的事了”，她做出了一个大胆决定：不将男孩带回警局，而是把他送到海边一个美丽的地方，让他自由成长。载着男孩的警车半夜驶出旅馆，向那个地方开去。女警察与男孩各自的故事开始讲述。他们去的地方，是她生命中的那个男人居住的海边，她们有过美好的过去，但警察的生活让她远离了那个男人。男孩也回忆他在那桩失火案件中的无助。黎明之时，他们抵达了目的地，“地平线处升起了水晶般的光芒，照亮了一切”。女警察将男孩留在了男人那里。她开车离开之前，望着面前的那所房子，思考着永不休止的生命长河中，事物以神秘的方式保持永恒，那种神秘的方式就是永恒之爱。她离开了，她很快就会退休，她对自己的所作所为很满意，那是她“想找回的感觉”。故事结束。

很多小说一复述就没什么意思了，而《三个黎明》却不一样，越复述越有意思，复述如一种唤醒，让这个小说一再苏醒过来，复述虽然会遗失一些东西，但浮现出来的更多。三个黎明的三个故事，场景设置简单，要么在酒店里要么在汽车里，故事主要由对话推进，如此一来，小说的情节和人物的诸多信息隐藏在对话后面的潜台词中，这样正契合了海明威的“冰山理论”——“冰山移动的尊严就在于仅露出水面的八分之一”。“冰山理论”的成功运用，海明威讲过在于两点：一是“一个作家对自己写的东西足够了解，他就可以省掉那些他已经知道的东西”；二是“这个作家的写作足够真诚，读者就会对他所写的东西具有强烈的感受，仿佛他们想要说的都被作家写了出来”。作品所省去的东西比写出的东西更重要，巴里科足够了解自己要表达的，也足够真诚，这是《三个黎明》的独特魅力之一，所以对这三个故事的复述变得有必要和有意思。

三

黎明到来，每一道晨光都簇新而明净。《三个黎明》讲述了三个关于新生的故事。

第一个故事虽然讲述便衣女警“色诱”控制在逃的做秤男子，但在交谈中彼此敞开了心扉：女人梦想着重新开始一切，放下那些无法收拾的事情，尽管人生“不可能换牌”，但“可以换张牌桌”；男人也开始讲述他从什么时候变成了现在这样，13 岁时的一场家庭大火改变了他的人生，在与那个有着“狼一样眼睛”的美丽女子的交谈中，男子也决定放下一切，包括逃亡的生活。所以当警察到达时，一切平静如水。

在第二个故事中，老门卫执拗地劝说单纯女孩离开那个“坏”男孩，最终达到了目的，尽管老门卫认为自己拯救了那女孩，让她离开了暴力和悲剧，实质上是老门卫在拯救自己。他的一生悲剧始于年轻时坏的脾气秉性，如果可以选择，他会在年轻时绕过那种境遇，当自己的人生无法再来一次时，当他遇见眼前的女孩可能遭遇他类似的悲剧时，他必须阻止事情的发生，他“唯一愿望就是让事情回归正常”，所以说他让女孩获得了新生，也让自己获得了新生。

第三个故事里即将退休的女警察决定摆脱自己的焦虑人生——那种隐秘而又无法战胜的结局——她“决定做一件对的事情”：释放看守的小男孩。当她完成这一件可能给自己带来灾难结局的事情时，她感觉棒极了，又找到了“年轻时纯洁而不顾一切的”人生感觉，这种新生一般的感觉让她体验到了永无休止的生命长河中隐秘的激情和爱。与之相比，职业和世俗中的那点失败和焦虑又算得了什么呢？她不仅给了那个小男孩新的生活，也给了自己新的人生。

三个新生的故事带给我们一种深切入骨的感动：我们平淡而不算成功甚至一败涂地的人生中，我们总有希望从头开始，至少我们这样尝试过，我们终究会明白，说服他人放下一切，或者拯救他人，或者给予他人新生活，本质上是在让自己重新开始、重新选择、重新体验恒久之爱。巴里科在这三个“温柔的恐怖故事”中释放出自己内心宽广博大的真诚和善意，疲惫的中年女人和杀人的做秤商人、从监狱出来的门卫和任性单纯的女生以及焦虑的女警察和失去人生方向的小男孩……所有人的故事在黑暗离去的那一刻全部结束，在黎明降临的那一刻重新开始，这无疑是小说动人的一刻。

其实，单独来看这三个故事，情节和人物未免显得有些单薄，更像三个生活片段的撷英，但深谙小说叙事之道的巴里科，借用三个现代叙事技法让单薄的故事和人物变得丰富和意味深长。一是运用“冰山理论”，让写出来的八分之一带动生活海洋下的八分之七，人物对话和行动后面的内容构成一个巨大的叙事黑洞，吸引读者去联想和填充，看似单薄的叙事变得丰厚。二是制造一种简洁叙事中的难度，比如，第一个故事设置的叙事难度：一个陌生女人如何搭讪并控制一个陌生男人？第二个故事的叙事难度：如何说服一个陌生人改变自己的行为？叙事难度的克服会对读者产生无法抗拒的阅读吸引力。三是隐喻和象征的使用。三个故事的发生时间都是在黎明，黎明是一种隐喻和象征，小说中有大量关于黎明的动人描述："已经是黎明了。他注视着远处的天空被一缕模糊的光线照亮……那束光线，他想那是一种邀请""曙光是那么自信地照亮明净的天空""空气中有某种并非所有的黎明都会出现的金属般的东西，女人想，这种东西可以帮助她保持清醒，还有镇静""那光芒在帮助她"……黎明是一种开始，是一种簇新而明净的光，是对新生活的邀请，这种隐喻和象征暗合着故事的走向和人物的心境。三个故事最终定格在黎明的光芒里，就像定格了一切美好、洁净和光亮的人生世界。

这部小说真正的叙事性创造在于，当把三个故事连缀到一起时，平面的小说变成了立体的小说。三个故事的连缀，除了故事发生的时间均为黎明以外，诸多相同的细节在三个故事中重复出现，比如女主人公爱吃爆米花，在三个故事中均出现；比如男主人公 13 岁时家中失火受到的心灵创伤和父亲的手枪，在三个故事中均出现，等等。它们无时无刻不在暗示读者或者提醒读者：三个故事中的两个主人公实为相同的两个人，三个故事讲述的是两个人在三个不同年龄段发生的故事。三个独立的故事连缀起来分开解读，我们就看到了那个男人的人生轨迹：逃亡，被警察抓住（42 岁）——13 年牢狱出来后成为一名门卫（60 岁左右）——少年时被女警察释放（13 岁）；我们也看到了那个女人的人生轨迹：便衣警察"色诱"逃亡者（中年）——离开"坏"男孩的单纯女孩（16 岁）——冒险释放小男孩的女警察（56

岁）。三个故事中，虽然男人和女人均为同一人，但故事并不按人物年龄顺序展开，而是交替出现，这一点可以成立，但是第二个故事中60岁的门卫与13岁的女孩故事单独可以成立而连缀到一起时，与第一个故事中的42岁的逃亡男子与中年女子在年龄上冲突，又不可能是同样两个人，如此一来，小说又呈现出一种似是而非、亦真亦幻的阅读幻觉来，三个故事中的两个人既是同样的两人，又不是完全同样的两人。当我们如此来解读时，一种遮蔽的故事结构被我们打开了，分出了阅读路径，此中那种“得到和发现”的乐趣会让我们兴奋很久。兴奋之余，我们也领略到了一种现代立体小说所呈现出来的“亦真亦幻的神秘色彩”。

这正是巴里科的魅力，他拓展了现代小说的结构形式，让小说呈现出绚丽的立体性和多维度来，但他又是现实主义的，他的故事踏在现实生活厚实的土壤上，讲述永无休止的生命长河中，那种神秘的永恒之爱和每一次重新开始的簇新和明净。

《三个黎明》的篇幅并不长，但读起来耐咀嚼，让人感觉很长，初读并不觉得怎样，但多读一遍，便惊艳几分。这或许就是好小说之一种吧。

两个男人的传奇

斯蒂芬《肖申克的救赎》和巴里科《海上钢琴师》

一

有位文学评论家说，轰动全球的电影都是好电影，但轰动全球的小说肯定不是好小说。

这种说法有些意思。我赞同前半句。后半句我不怎么赞成，也不怎么反对，因为这话有可能是别人故意这么说的，说不定连他自己都不信，我们何必较真呢。理由显而易见：此说法不严谨，站不住脚。

我要说的是《肖申克的救赎》和《海上钢琴师》。这是两部轰动全球的电影，按那位文学评论家的说法，是好电影。我也觉得是好电影，而且是全世界最好的电影之一。记得当时看完这两部片子，我掩饰不住内心的狂喜，推荐给几个朋友，他们说，老兄啊！早放在电脑的收藏夹里，看了不下五遍了。看来我有些大惊小怪了。

有人说，吃蛋者不必知道下蛋的鸡，赏花者不必知道园丁，吃桃者不必知道果农。我觉得话不能这么说，吃水还不忘挖井人呢，古人还讲什么“慎终追远”呢。看了这两部好电影，我就想往它们的源头上找找，看改编成电影的两部小说怎么样。有这种心态的不止我一人，因为电影口碑好，书跟着电影“风光”，我在网上看到不少人在找这两部小说读。

大概是 2005 年 9 月和 2006 年 8 月——这个时间是中文译本出版的第一时间——我分别读到了意大利先锋小说家巴里科的《海上钢琴师》和美国“恐怖小说之王”斯蒂芬·金的《肖申克的救赎》。确实，文字的世界并不逊于声像的世界，相反，我觉得小说还更胜电影一筹。两部小说都是如此。正因为没有声像的直观、张扬、繁复等特点，所以，白纸上的黑色文字，以其简洁而内敛的方式表现出了复杂的穿透力和想象力，文字对细节的展示和对人物内心的深入描述，以及留给读者再次创造的想象空间，都是电影所无法做到的。尽管看电影在前，但我读两部小说时，我脑海中并没有浮现电影里边的画面，文字描绘的世界征服了我，我沉浸其中：仿佛与丹尼一起在海上航行，我们贴着舷窗向外观望，大海一片苍茫……仿佛与安迪一起关在肖申克监狱，用小锤敲击坚硬的水泥墙，敲了二十七年，我们失去了很多，唯一没有失去希望，对自由生活的希望……

我以为，五十年之后，人们仍将记得这两部堪称经典的电影。当然，人们同样会记住这两部经典小说。我发现，两部电影对原著的忠实度均达到了百分之九十以上，故事不用说了，人物对话、情节顺序也基本按小说来，导演对小说表现出了莫大的尊重。这与更多改编成电影的小说的命运不同，有些小说改编成电影后，脱离原著，面目全非，原小说只剩一点皮毛或一点影子出现在电影里。虽说小说与电影不是一回事儿，各有各的套路，各有各的艺术，但追求的结果是一样的，都是打动读者、征服观众。所以那些聪明的导演总是大刀阔斧地砍削小说，使其能为我所用；但对于优秀的小说，好导演则会俯首称臣，因为他们清楚，自己的聪明在小说家的智慧之下，与其画蛇添足地改编，不如忠实原著。在我印象中，只有伟大的马尔克斯在电影面前表现出了“趾高气扬”，好莱坞要将他的《霍乱时期的爱情》搬上银幕，导演是曾执导过《哈利·波特与火焰杯》的英国著名导演迈克·内威尔，制片人磨了三年，马尔克斯终于点头，提出了两个条件，一个是电影版权不低于一百万美元，另一个是必须百分之百忠实原著。制片人无条件接受。真是牛的小说家，牛的小说。

所以，《肖申克的救赎》和《海上钢琴师》，电影是优秀的，小说也是优秀的。

我将两部小说放在一起谈论，原因有两个。

一个是次要原因，两部小说都是因电影而读到的。在这个阅读快餐化的时代，依靠传播广泛的电影勾起一点纯粹阅读的兴趣，也算一种独特体验。而事实是靠电影电视“催红”的小说比比皆是——小说与热门影视同步发行成为出版业新的营销模式，也成为阅读新景观——一边看连续剧，一边比对着读小说。两者同步进行所滋生的话题，诸如拍得好还是写得好、女一号的长相是不是符合作者笔下主人公的形象等等，已经成为人们打发时间的新的乐趣。

一个是主要原因，这两部小说写的都是男人的故事——两个男人的两部传奇。两部小说写得都很棒，翻开了便舍不得合上，且有一点让我吃惊：两部关于男人的小说里边，居然看不到一个女人。这样说好像有点夸张，虽然有一两个地方用一两句话提到了女人，实际上女人在小说中已经没有实质性意义——比如参与故事和刻画人物——所有的故事都在男人中展开：一个是关押男囚犯的肖申克监狱，这里不需要也不可能有女人，当然挂在安迪床前的那幅性感女郎的海报除外；一个是漂浮在海上的“弗吉尼亚人号”快轮，轮船上有女客人，但她们是被忽略的“群众演员”，是捧场的观众，故事的舞台上没有她们，丹尼与她们没有关系。一个是越狱的银行家，一个是永不上岸的钢琴天才，这两个人决绝于世俗的人生传奇，根本不需要爱情——无论爱情是作为人生的点缀还是必需。不需要爱情，就不需要女人。没有女人在小说中出现便理所当然了。这两部小说的精彩和魅力，颠覆了“男人的故事里不能没有女人”的观念，至于那些“小说要靠女人靠花边故事来吸引读者”的看法早已是无稽之谈了。

没有女人的男人故事，才称得上真正的男人故事。小说《肖申克的救赎》和《海上钢琴师》似乎想证明这一点。

《肖申克的救赎》的主角是安迪，还有一个同样重要的人物是“我”——雷德，故事的亲历者兼讲述者。我们读到的安迪的传奇，便是从他口中得知。雷德是个合格的讲述者，他的讲述条理清晰，娓娓道来，他对安迪说的每句话都记得如此准确，真让人吃惊。在讲述的过程中雷德总喜欢强调他讲述的权威性和真实性，而他是否添油加醋了，只有老天爷知道。尽管雷德讲的故事有点耸人听闻，但如果是我，我也愿意将这个故事讲给我的儿子和朋友听，这样讲下去，这个故事最终会变成什么样儿，不得而知，传奇就是这样诞生的。但我相信，每个讲述者都会像雷德一样，强调自己的权威性和真实性。

《海上钢琴师》的主角是丹尼，也还有一个同样重要的人物是

“我”——图尼，小号手，讲述者。虽然丹尼的故事我们是从他口中知道的，但他和《肖申克的救赎》里的雷德不一样，他没有刻意去强调他的权威性和真实性。他没有像雷德样参与安迪的故事，他更像一个旁观者，只是见证了丹尼的故事，而且丹尼的有些事儿他还是从别人口中得知，所以图尼的讲述是否可靠，既让人疑惑，也使丹尼的故事更具传奇色彩。但是，作为读者或者听众的我，对丹尼的故事还是深信不疑，因为我相信，在这个星球上，一定有这样的人，尤其是这样的男人。

作者斯蒂芬·金和巴里科不约而同地选择了除主角之外的另一个重要人物“我”来讲述故事，是有其深意的。讲述者“我”的出现，标志着“故事”向“传奇”迈进。所谓的传奇，顾名思义是流传下来的奇闻，传奇的流传依靠的是一代一代人的讲述，因此传奇有两个要件，一个是“奇”，一个是“讲”。所以只要是传奇，都有一个讲述者。正因为是讲述，“奇”就会变形，讲述者兴之所至，添油加醋、信口开河便不可少，这样一代一代讲下来，传奇的合理性和真实性就会让人怀疑，所以讲述者为了“欲盖弥彰”，不得不像《肖申克的救赎》里的雷德那样强调自己讲述的权威性和真实性。另外在“你、我、他”三个人称中，“我”是最具亲和力和现场感的。所以斯蒂芬·金和巴里科让“我”来讲述安迪和丹尼的传奇，是合适的选择。

除讲述者之外，“故事”演变成“传奇”还得仰仗内容的“奇”。如果《肖申克的救赎》里的安迪是靠武力暴动或里应外合等手段越狱，而不是靠一把普通小锤在狱警眼皮下敲敲打打二十七年而成功逃出，这只能成为一个好看的“故事”而不能成为“传奇”。同样，《海上钢琴师》里的丹尼，如果他带着他的钢琴天才回到岸上，回到世俗里，名利双收，丹尼也只能是一个钢琴明星。而这位钢琴天才一辈子都没有上岸，他流连于他的海上他的音乐，“弗吉尼亚人号”被爆破的那一天，他也拒绝上岸，与船一起消失。这就是传奇。

在我们这个盛行复制和拷贝的时代，多的是事件，而少的是传奇，因为事件可以无限量地复制和拷贝，但传奇不能，传奇具有空前绝后的意味。传奇成为一种稀有之物的同时，传奇性也成为一种“时代品格”和“人生品格”，它代表着独一性和创造性；代表着拒绝平庸，与众不同；代表着对自己选择的坚持，对认定事情的不放弃；代表着信念大于身体；代表着世间稀缺但永恒存在并值得用生命去换取的一种精神。

我们渴望传奇，所以我们喜爱《肖申克的救赎》里的安迪和《海上钢琴师》里的丹尼；我们欣赏传奇，这似乎是平凡的我们制造传奇的唯一方式。

二

什么样的人是真男人？什么样的人是纯爷们？什么样的人是男子汉？

这三个问题其实可归结为一个问题——男人要具有什么品德才配得上“男人”二字。女人喜欢真男人，男人想做真男人。真男人代表着力量、向上、担当和勇气等品格，而这些品格在当今正日渐稀缺。

每个人的脑海中或许都有一个“真男人画廊”，这些真男人，有的来自历史教科书，有的来自文学作品，无论真实的还是虚构的，总之是进入了我们视野并难以忘却的人物。我的“真男人画廊”里，刻着一些名字，名字上方挂着他们的照片，名字下方刻着他们入选“真男人画廊”的事迹以及理由。这个画廊是开放式的，目前他们是：

西西弗斯——他来自希腊神话。西西弗斯触犯了众神，诸神为了惩罚西西弗斯，便要求他把一块巨石推上山顶，由于那巨石太重，每每刚到山顶就又滚下山去。西西弗斯走下山，再次把巨石推上山顶。这样他不断重复、永无止境地将滚下山的巨石推上山顶。把一件看来枯燥的事情做得如此有激情，难得。真男人要有激情。

嵇康——竹林好汉。因受冤获死罪，临刑前，嵇康神定气静。他看了日影，离行刑尚有一段时间，便向兄长要来平时爱用的琴，在刑场上抚了一曲《广陵散》。曲毕，嵇康把琴放下，叹息道：“昔袁孝尼尝从吾学《广陵散》，吾每靳固之，《广陵散》于今绝矣！”说完，从容上路，时年四十。嵇康不仅长相潇洒，而且心性潇洒。真男人要潇洒。

林觉民——民主革命者。“吾至爱汝，即此爱汝一念，使吾勇就死也。”这是他著名的《与妻书》里的话，他对他的妻子说：“我非常爱你，也就是爱你的这一意念，促使我勇敢地去死呀。”林觉民要为民主革命而死，对亲人的爱与为国捐躯的心融合在一起，有情有义。绝命书写下后的第三天，他起义失败被俘殉国，时年二十四岁。真男人要有情义。

阿基米德——他来自古希腊。公元前212年，罗马人趁叙拉古城防务稍有松懈，大举进攻破城而入。此时，七十五岁的阿基米德正在潜心研究一道深奥的数学题，一个罗马士兵闯入，用脚践踏了他所画的图形，阿基米德喊道：“不要踩坏了我的圆！”阿基米德愤怒地与之争论，残暴无知的士兵举刀一挥，科学巨星就此陨落。“给我一个支点，我就能撬起地球。”这句话现在仍然很流行，痴迷的阿基米德并没死。真男人要痴迷。

布鲁诺——来自16世纪的意大利。因为坚信日心说，教会要烧死布鲁诺。之前他拒绝了忏悔免刑的机会。在罗马鲜花广场的火堆上，他说了一句话：“火并不能征服我，未来的世纪会了解我并知道我的价值。”心有无限宇宙，区区一死又何足惧！真男人要无私无畏。

……

就此打住。这是一份可以一直开列下去的名单，如果我们愿意将真男人的内涵一直开掘下去的话。美国《妇女杂志》曾经对三十位好莱坞著名女演员以及两万名妇女进行过调查，其中二十九位女影星和绝大多数妇女喜欢的真男子是文雅阳光、体贴温存、正派有责任心、意志刚强却又头脑清晰的男人。她们认为，男人的魅力和气魄不仅反映在他们的身体上，更要在精神上。我认为，真男人的精神除了上面提到的几点外，还有两点不应被忽略：一是身处困境，永怀希望；二是拒绝庸常，特立独行。这两点的最好例证是《肖申克的救赎》里的安迪和《海上钢琴师》里的丹尼。在以上这些历史的真实名单中，我的“真男人画廊”增添了两位来自虚构世界但真实存在于人们头脑里的真男人，他们丰富了我的“真男人画廊”，也丰富了我的人生。

安迪称得上是个有魅力的男人。他的魅力在于身处困境但永怀希望。希望是人克服恐惧的力量，而人面临的最大恐惧是放弃努力和死亡，所以希望能让人坚持下去、活下去。当然，一个人光有希望还不足以产生魅力，希望是一把火，它如何点亮或者说能否点亮美好生活这盏灯，还得靠智慧和汗水，希望才能变成现实，所以，智慧和汗水是构成真男人的“美”的元素之一。

照讲述人雷德的说法，安迪长相一般，“五短身材，长得白白净净”，“戴一副金边眼镜，指甲永远剪得整整齐齐、干干净净”，是一个有些书生气质的银行管理者，聪明精干。在没进肖申克之前，也算年轻有为，生活优越。安迪被控谋杀妻子和她的情夫而被判终身监禁，事实上这是一次误判。进入肖申克后，这个看上去柔弱的书生身上却表现出冷静、坚强、不屈服的男人品质，他抵抗、拒绝“姊妹”们的侵扰。在四面高墙和铁丝网的监狱，他做了被传为千古美谈的两件事：一是让一群在屋顶铺沥青的囚犯喝了二十分钟的啤酒，“我们坐在那儿喝啤酒，感觉阳光暖烘烘地洒在肩膀上。”在这个没有自由的地方，安迪让那些囚犯像在自家屋顶上铺沥青、喝啤酒，“感觉自己像个人。”二是安迪坚持给州议会写信申请经费，他每周一封信，连续写了六年。后来他每周写两封。不管是出于不耐烦还是感动，议员终将钱拨给了安迪，安迪一手将肖申克的图书馆建成了新英格兰地区最好的监狱图书馆。图书馆是安置心灵的地方，犯人们的生活由此变得充实起来。

在监狱里，能得到一点自由和充实，是异想天开的事，但安迪让他的狱友们得到了。

当然，另一件异想天开、堪称传奇的事便是安迪用一把普通小锤凿挖二十七年成功越狱。为安迪弄来小锤的雷德以为：“这种锤子不像逃亡工具，我猜如果想用这样一把锤子挖地道逃出去，大约要六百年。”我们和雷德的想法一样，但安迪与我们不一样，他没觉得不可能。用一把小锤去挖固若金汤的监狱——不管说能不能做到，能生出这种想法就已经惊世骇俗了。但安迪，传奇的安迪不仅想到而且做到了，他花了二十七年的时间，用一把小锤凿开了钢筋水泥的墙，凿出了一条通向自由的地道。

这无疑是一项伟大到不能再伟大的“工程”，安迪成功了！他的成功必备这样几个条件：单独的牢房、漫长的时间、永不放弃的希望。安迪是智慧的，他靠银行专业知识钻法律漏洞为典狱长和狱警谋取最大利益，为他们洗黑钱、报花账和偷逃税，他得到的奖赏是，拥有一间单独居住的牢房，而争取独居一室的特殊待遇是整个“工程”的关键；安迪付出的劳作是别人难以想象的：他必须等别人都睡了，每天半夜爬起来像水滴侵蚀岩石一样一点一滴去凿挖，而且他还要将敲下来的碎石片用裤脚和袖口一袋袋地运到操场上倒掉；安迪有着顽强的毅力，希望之灯照亮着他的内心，让他坚持。不知道他是否想到过放弃，但他对自由的向往从不曾停止过。安迪对雷德说：“他们说太平洋是没有记忆的，所以我要到那儿去度我的余生。雷德，在一个没有记忆、温暖的地方。”安迪想在太平洋边上的墨西哥小镇齐华坦尼荷开一家小旅馆，“我可以游游泳、晒晒太阳，睡在一间可以敞开窗子的房间……”这些美丽的描述，对一个在狱中的犯人来说，的确算得上痴人说梦，但这梦很美很酷，魔力超凡，它们是自由和希望的隐形外衣，让安迪心想事成。

安迪不愧为一个真男人，困境中永怀希望。“希望是件好东西，也许是世上最好的东西。好东西从来不会流逝。”“不要忘了，这个世界穿透一切高墙的东西，它就在我们的内心深处，他们无法达到，也接触不到，那就是希望。”安迪这样说。

与安迪不同，丹尼的魅力在于拒绝庸常，特立独行。一九〇〇年，丹尼出生在穿梭于美洲欧洲之间的轮船上，他被父母遗弃在船上，成为孤儿。水手老丹尼最先发现了他并收养了他，为他取名一九

OO。丹尼八岁时，老丹尼在一次意外中死亡，丹尼再次成为孤儿。大海成为他的家，他“没有祖国，没有故乡，也没有家庭”，但上帝让丹尼拥有演奏钢琴的天才，“一个一天钢琴都没摸过的人，一坐上去，就弹出优美、精灵般的曲子。”在海上他沉浸在自己的音乐里，从没有踏上陆地半步。丹尼有过犹豫，在朋友的劝说下他曾准备上岸，但走到跳板的尽头，与岸只有一步之隔时他转身回到船上，从此对岸不再抱有幻想。战争中“弗吉尼亚人号”被征为流动医院，变得千疮百孔，人们要爆破它了，丹尼也没有走下船，最终他和船一起消失了。

丹尼的朋友、乐队小号手、传奇的讲述者图尼说：“我希望他有一天能下船去，为陆地上的人们演奏，和一个善良的女人结婚生子，拥有生活里的一切。”如果这样，丹尼将成为俗世间的一个成功者——是个成功者但不是一个传奇人物——但丹尼拒绝了，他拒绝了图尼的劝说，也拒绝了他可能拥有的岸上的一切，他有他的理由，他说：“大地，对我来说，那是一只太大的船。是一段太漫长的旅途，是一个太漂亮的女人，是一种太强烈的香味。这种音乐我不会弹。原谅我吧。我不会下船的。”丹尼的传奇性在于拒绝，拒绝陆地和陆地上的世俗。拒绝需要巨大的勇气，丹尼做到了，我们没有做到。

丹尼生在船上，长在船上，死在船上，成为宽广无边的大海上的一段传奇。在很多人眼里，在海上航行是单调乏味的。大海宽广无垠，而船只的空间有限，在海上航行的人必须面对无限苍茫中的渺小和有限空间中的逼仄。如果这一航期只是十天半月还能忍耐，一年两年也还能坚持，而守在海上三十三年谁能忍耐？丹尼可以忍耐吗？他有什么理由拒绝陆地以及陆地上的生活呢？

我想，丹尼拒绝上岸的理由无外乎两个：对陆地的恐惧和对音乐的热爱。丹尼从诞生的那刻起就一直在船上，陆地对他来说是不存在的，当他决定上岸时，他恐惧了，因恐惧而退缩，他重又返回船上。他恐惧什么呢？恐惧城市——“在无尽的城市中，除了那些（望不见的），什么都有。”恐惧人群——“那是一艘太大的船。是一种太强烈的香味。”说到底，他恐惧的是一种俗世的生活，一种在他的朋友图尼看来美妙的生活。随着时间的流逝，三十年过去，当丹尼的恐惧消失时，他彻底拒绝陆地的生活，拒绝庸常，特立独行，去选择一条自己的路。丹尼说：“都是路，千百万条，而尘世中的你们如何选择一条可以看见所有的世界的路呢?”他找到了，那就是由八十八个键组成的看得见所有世界的路——天才的音乐之路。船在大海上流动，船头到船尾的有限空间，一架钢琴，琴键之上的无限的音乐，与舷窗外无限的大海融为一体，丹尼看见了远方，那里是世界的尽头。

所以，丹尼选择船上的世界，对他来说不是痛苦的忍耐，而是享受，是幸福。那位图尼先生，最终也悟到了丹尼的心意，他要在海上，在船上——“在那音乐中跳完他余生的舞蹈。他再也不会不幸福了。”

在那艘丹尼栖息了一生的船就要变成一堆废铁时，他说：“我，无法走下那艘船，为了拯救自己，我要离开我的生命。”从此，尘世间，多了一位真男人——丹尼，一个拒绝庸常，特立独行的男人。

三

两部小说成功塑造了两个真男人形象，当我从他们的传奇中走出来，低头打量自己时，我发现我被吸引、被震慑、被感动的同时，我的心灵也如传奇的讲述者雷德和图尼一样得到了某种程度的拯救——安迪和丹尼，像两面光芒四射的镜子，照出了我的庸常、安于现状和死水一般的生活。尽管我没有在监狱里，但我的心是被囚禁的。我开始反思，我会在有去无回的生命中，制造一点闪烁的光亮吗？如果我是关在监狱里的安迪，我是船上的丹尼，我会制造自己的传奇吗？

应该不会。在没有读到这两部小说之前，我或许会这样想，但如今我读到了这两部小说，认识了这两位征服了我内心的传奇人物，我的想法会有一些改变，我不可能成为第二个安迪，也不可能成为第二个丹尼，但我会成为我自己的传奇。也许你会说人的观念这么容易改变、能有这么大的改变吗？只要你有某种信念，改变不会很难。问题的关键是，促使你观念改变的诱因是否深入了你的内心你的骨髓？生离死别的现实可以改变一个人，触及灵魂的小说也可以改变一个人。特别的时期特别的地点特别的事件，也可能改变一个人的生活态度和价值观念。

成为自己的传奇，是一种生活态度和人生价值。对我而言，是对庸常、安于现状、死水一般生活的一种拯救。这是《肖申克的救赎》和《海上钢琴师》对我的全部意义。不是每个人都要成为安迪、成为丹尼，那是他人的传奇，但我们可以有自己的传奇，首先是有“成为自己传奇”的信念和方向，然后为自己的传奇去洒下汗水，为爱、为幸福、为希望，制造一点传奇，就会活出自己的风采。

那么，对你我、对大多数人、对读到过《肖申克的救赎》和《海上钢琴师》的所有人，安迪和丹尼的意义在哪里呢？应该说，在拯救。拯救是什么？拯救是扎向我们麻木肉体的刺，是砸向我们发热头脑的冰，是黑暗中的一盏灯，寒风中的一间屋，让我们恢复痛感变得清醒，给我们生活的方向和温暖。

《海上钢琴师》里的丹尼更多的是在拯救自己，《肖申克的救赎》里的安迪更多的是在拯救他人。丹尼一辈子都没有离开那艘船半步，船就要被炸成碎片，飞向天空，坠入大海，但丹尼无法走下那艘船，他说："为了拯救我自己，我要离开我的生命。"他要同船一起飞向天空，坠入大海，消失在人间。如果他与相守了一辈子的船分离，走下悬梯，走到城市当中，那么他一生中所追寻的永恒的无限，将被世俗的现实击得粉碎，他的生命和船一起消失，正是他对自己的拯救。他在船上和音乐里已经经历了他完整的一生，他的音乐里有女人，有孩子，有陆地，有一切……就是没有欲望，他知道他一下船，欲望便会将他吞没，所以丹尼说："我的人生被我从欲望中抽取了出来。"所以，他要拯救的是自己随时都会被欲望吞没的人生。

安迪对雷德的意义可谓非凡。雷德和安迪是狱中好友。在狱中，提"友谊"这个词会被那些凶神恶煞的狱警所耻笑，他们认为"友谊"属于自由人谈论的话题，这些生命都不属于自己的囚犯是没有资格谈论的。但是，雷德和安迪——一个是肖申克监狱神通广大的狱老大，一个是坚强智慧的"囚犯银行家"——两个囚犯，他们的友谊偏就诞生在高墙之内，像石头缝中探出脑袋的早春绿芽，有着韧性十足的生命力，压不住挡不了，春风拂过，他们的友谊之花便灿然绽放了。高墙之内，那些不管因何原因而接受惩罚的人总是弱势的，乏味的现实与暗淡的未来足以毁灭一个人，这是监狱对犯人最大的惩罚。当温暖的友谊之花在两人内心悄然绽放时，生存下去的力量和勇气便光临这两个弱势个体，也把生活的勇气和友谊给了他们。为了感谢雷德帮安迪弄到磨石布，安迪磨出了两块对称精致、十分漂亮的石英送给雷德。接到礼物的那一刻，雷德为安迪的细心而感慨万千，在这缺乏美的监狱里，他被这美打动，“实在是太美了。……看着它们，我内心升起一股暖意，这是任何人看到美丽东西之后都会涌现的感觉。”我相信这是友谊对美的拯救，安迪唤醒雷德对美的心动，也唤醒了雷德——一个被判终身监禁的人对外面世界的美好想象。雷德和安迪的这份弥足珍贵的友谊让我感动。

象征温暖和力量的友谊之花开放之后，更危险和更奢侈的话题登场了，那便是花朵之上那只飞来飞去的蝴蝶，那只蝴蝶的名字叫“自由”。在监狱里讨论自由，的确奢侈与危险，但安迪跟雷德不止一次地谈到了它。雷德多次给安迪弄到了不同时期流行的女明星海报——这些海报挂在安迪监舍的墙上用来遮盖安迪挖的地洞，这是海报的实际功能。一次雷德问安迪这些海报对他有什么意义，安迪说：“我想是代表自由吧。看着那些美丽的女人，你觉得好像可以……不是真的可以，但几乎可以……穿过海报，和她们在一起。一种自由的感觉。”但雷德从来没有这样想过，雷德二十岁就被关进肖申克，他很有可能在这里度过一辈子，即使获得假释，也是头发胡子都白了的时候了，雷德已经被监狱制度驯服得几乎不会想到字典里还有“自由”这个词儿了。

在一个高爽明亮的秋日，运动场上的放风时刻，安迪和雷德靠在墙边又一次谈到了“自由”的话题。安迪问：“你想你出得去吗？”雷德答：“当然，到时我应该胡子已经花白，嘴里只剩三颗摇摇欲坠的牙齿了。”两人沉默，之后，安迪说：“等我出去后，我一定要去一个一年到头都有阳光的地方。”安迪泰然自若的神情让雷德记忆深刻，更为重要的是安迪邀请了雷德，希望他出去后能成为他的帮手。雷德很感慨，他满怀深情地说："他走开了，仿佛刚才不过是个自由人在向另一个自由人提供工作机会，在那一刻，我也有种自由的感觉。"自由的感觉终于回到了雷德身上——反过来看，传奇的安迪用一把锤子敲打二十七年，他行走在逃离的钢丝之上，他时时要用希望来减少多年监狱生活对他人生的影响，时时要克服多年努力一切成空的内心的恐惧。无疑，安迪是个光亮的存在——因为有安迪的光照，雷德灰暗的内心也开始敞亮起来，雷德说："安迪代表了在我内心深处、他们永远也封锁不住的那个部分。"最终，安迪成功从肖申克逃出去，成为安迪对雷德的最大拯救，五十八岁时，在肖申克待了三十八年的雷德跨出了这扇门，他感觉到了自由的空气，他对未来充满了希望。

需要拯救的不仅仅是雷德，我们每一个人或许都需要拯救，虽然我们的身体比雷德自由，但我们的心灵未必是自由的，太多的条条框框已经长在了我们身体里，让我们每走一步都缩手缩脚，放不开来。而心灵的桎梏往往比身体的桎梏更可怕，身体被缚只会造成肌肉萎缩，而心灵被缚，生命则会变得灰暗，使人失去意志，甚至死亡。拯救人类心灵的自由，成为《肖申克的救赎》和《海上钢琴师》最终的共同目的。不管这一拯救是否能完成，小说和电影都表达了良好的愿望，也为人们树立了颇具传奇性的榜样。

五十八岁的雷德终于获准假释，雷德拖着一副被监狱体制训练得僵化了的身体，一时很难适应外面的世界，甚至想重回监狱，但他无法拒绝安迪对他的影响，他决定把握这得之不易的自由去找安迪，用自己的自由去迎接安迪的自由。一切都已安排好，雷德拿到了安迪给他的信，不过写信人已经不叫安迪而叫彼得，一个钱和自由一样多的人。在墨西哥小镇齐华坦尼荷，彼得经营着一家小旅馆，海滩上盖着六间小屋，他驾船带客人出海钓鱼，可以游泳，晒太阳，睡在一间窗子敞开的房间里……有一天，来了一个客人，这个客人名叫雷德。

这是小说最后为我们虚构的自由，事实上，这样的自由对我们来说仍然很遥远，有点乌托邦，我们不会有那么多钱，我们的身份没那么单一，我们生活在法规健全的城市里，我们每一天为生活奔波。对拥有父亲、丈夫、儿子、同事、下属等复杂身份的我们来说，如果要给自由下个定义，要为抵达自由寻找一条路径，我只能简单说，自由就是开心，让心胸变得大度、开阔起来，自由就来了。

有时，我的脑海中会浮现安迪和丹尼的身影，我仿佛看到两位制造了传奇的人物在遥远的海边握手了，我以为他们会走向我，走向更多的人，但他们把背影留给了我们，然后消失在夕阳染红的海面上。

英国管家的“尊严”人生与“虚无”现实

石黑一雄和《长日留痕》

管家，对我们大多数人来说，是个老旧得快生锈了的词汇，我们与它相见，大多在书本或者旧题材的电影电视剧里。高大宅院内，穿着长袍马褂的中老年男人，样子和做派一丝不苟，听候老爷太太的差遣，管理这个宅院内的所有事务：财务收支，衣食住行，迎来送往。他们善于察言观色，精明世故。这是我们中国传统管家的形象。

在遥远的欧洲，百年庄园内的管家，身穿黑礼服白衬衣，打着黑领结，戴着白手套，举止优雅地穿梭于聚会中，体贴细心，为主人和主人的客人提供服务，一举一动显示出上流社会的礼仪风度。同时他管理着府邸内的家庭教师、厨师、保镖、花匠、裁缝等人员及家庭生活的方方面面。这是老牌英国管家的形象。

无论什么时代什么地方，这一出现在显赫门庭之中的职业，因为参与或见证了权贵的私密生活以及门庭的盛衰兴亡，加上其不菲的收入（据说如今英国管家年薪 3 万到 10 万英镑），所以充满了神秘感和诱惑力。

1954年出生于日本长崎，六岁随家人移民英格兰，现居伦敦的日本裔英国著名作家石黑一雄，于1988年出版了长篇小说《长日留痕》，该小说次年获英语小说界最高奖“布克奖”，并成为布克奖历史上最优秀的作品之一。

《长日留痕》写的就是一位英国管家的故事。据说，英国管家历史久远。在如此长的历史中，管家这一职业的价值体系和规章细则足以完备和规整得堪比一个人头顶的发丝，丰富而细微。他“严谨、忠实、周到”的服务精神和形象，成为英国社会的文化特征之一。英国男管家古董而现代，他如一枚文化活化石，记载着时代的信息。石黑一雄正是透过这枚活化石看到了社会和人物内心的景观，他开始讲述一个管家三十年的故事——管家自身、管家与他的主人、管家与一个女人——不动声色的故事下面暗流涌动，一个管家用一辈子去求证职业的尊严，以获得成就感，但他所得到的却是虚无和让人叹息的现实：他似乎什么都没得到，又似乎什么都得到了。

“独一无二的英国男管家”

这位管家叫史蒂文斯。1921年到1956年，他在达林顿府为达林顿勋爵服务了三十五年。如今这座“古老又堂皇的”英国府邸卖给了一位美国商人——这是达林顿家族在拥有这座府邸两百年后首次易主。有着尽职好名声的管家史蒂文斯，被府邸的美国新主人留了下来，并获得了一次旅游的机会。

这是史蒂文斯在达林顿府三十五年中的第一次出游，他选择的地点是英格兰西部乡村，当然除了西部乡村的宁静美妙之外，还有一个重要原因，达林顿府原先的一位女管家居住在那里。女管家叫肯顿，曾经对史蒂文斯有情，后来嫁人离开了达林顿府，离开七年之后史蒂文斯收到了肯顿的唯一一封信，肯顿说她过得并不好。史蒂文斯决定借这次旅游之机去见见她，如果她愿意的话可以重新回到达林顿府来，新主人也需要她的效力。

史蒂文斯出发了，他驾驶着新主人的高级福特轿车——这是新主人的好意——出发了，故事便在优美的英格兰西部乡村景色和漫长而紧张的回忆中开始了。

这是一次孤独的旅行。史蒂文斯独自一人上路，他总在赶路，那辆福特轿车总是风尘仆仆，只是在晨昏之际停车住宿时，史蒂文斯才有兴趣出去走走看看，乡村景色对他吸引力不大，而前方，成为一种诱惑，肯顿小姐在前方等着他，他期待着与肯顿小姐见面。同时，行走于乡村中，他也显得心事重重，回忆，不断去回忆，回忆成为对三十五年管家经历和想法的整理，似乎他这次出行仅仅是为了对他管家生涯的判断和总结。

不过，事实也是如此，作为一个职业管家他当然在乎他的存在价值和他的职业影响力。史蒂文斯也是如此，他需要为自己找到存在的价值，这部以他的口吻叙述完成的小说，可以说是一个管家的倾诉，一个管家的内心史。

所以小说作者石黑一雄让史蒂文斯的旅行成为一个幌子，而旅途中的回忆才是他的目的，因为石黑一雄并不想他的读者为英格兰乡村景色陶醉而忘乎所以，他真正的野心是想让读者从史蒂文斯身上找到一种“让生活变得有价值的普遍动力”，对史蒂文斯来说，这“普遍动力”便是在“管家”这一职业中努力去奋斗，献身于自己认可的事情，为自己获得至高的价值感和尊严感。

小说开篇不久，主人公兼叙述者史蒂文斯就说：“常听人说，在英格兰才真正有男管家。而在其他国家，无论实际上使用什么样的称谓，也仅有男仆。”这种观点已经得到公认。然而回到英格兰的历史长河中，谁是最杰出的男管家？一位最杰出的男管家应具备什么素质？史蒂文斯终身都在用理论和实践来回答这两个问题。

有人以为，最杰出的男管家必隶属于某一显赫门第，而史蒂文斯认为，将最杰出管家和普通管家区别开来的要素是准确地把握“尊严”这两个字，即通过自己的工作实绩和工作精神让这一伺候人的职业获得别人认可和赞许、并富有存在价值的“尊严”。

那么，如何获得这种“尊严”？要获得这种“尊严”，一个管家需有怎样的职业本色呢？史蒂文斯的故事提供了答案。

一是节制情感。

史蒂文斯的父亲老史蒂文斯也是一位管家，史蒂文斯一直记得父亲给他讲的一个故事：说是一天下午，管家走进餐厅以确认晚餐的一切准备工作已经就绪，突然这位管家发现一头老虎趴在餐桌下。管家不动声色地退出了餐厅，小心地把门关上，然后镇定自若地向客厅走去。在那儿，他的主人正与几位客人品茶。他有礼貌地轻轻咳了一声以吸引主人的注意力，尔后在他主人的耳边悄声说道：“老爷，对不起，在餐厅里好像有一头老虎。也许您会同意使用十二号口径的枪吧？”几分钟之后，那位主人和他的客人们听到了三声枪响。这之后不久，那位管家又出现在客厅里，他用茶壶重新沏了茶。

“不动声色”“镇定自若”，这是管家的职业素养，它的“敌人”

是遇事慌张、手忙脚乱。史蒂文斯在这样故事的熏陶下，成长为与故事中的管家相比毫不逊色的人，甚至更胜一筹。他有着一切都在掌握中的平静，尤其在涉及男女私情上，他格外冷静和克制。对那位叫肯顿的女管家的热情和暗示，史蒂文斯回应以冷漠和一本正经。他的心中始终都绷着这根弦——一个优秀管家是节制情感的，不能因为男女私情而放弃对“职业尊严”的坚守。

为了节制情感，防患于未然，史蒂文斯对手下漂亮的姑娘都抱有一种奇怪的反感情绪。肯顿小姐取笑他说：“也许因为我们的史蒂文斯先生害怕受到诱惑？也可能是我们的史蒂文斯先生毕竟是血肉之躯，他并不能完全自持?”在达林顿府，佣人因私通而离开的事时有发生，后来肯顿小姐的离开也是因为情感有了归宿——这段感情的发生多少含有报复史蒂文斯的成分——每当这种事情传到史蒂文斯的耳朵，他总会感慨，这不是一个最优秀管家的选择。

二是忠于主人。

忠于就是顺从、投入，无条件地服务主人，以主人的意志为自己的意志。忠于主人是眼里心里只有主人，没有自己和他人。

达林顿府召开了一次重要会议，会议期间史蒂文斯的父亲病重了，史蒂文斯忙于会议没时间和精力照看父亲。这天一位会议代表的脚疼痛起来，史蒂文斯必须为他的脚痛去服务，找干净的绷带，找医生。可就在这时，肯顿小姐带来了一个不幸的消息：史蒂文斯的父亲在四分钟前去世了。肯顿小姐问史蒂文斯要不要上去看看他父亲，史蒂文斯只有平静而简洁的几句话：“我知道了。”“我现在正忙得不可开交，肯顿小姐。也许待一会儿后吧。”史蒂文斯父亲的眼睛还没合上，肯顿小姐请求帮这个忙，史蒂文斯当然同意，但他对肯顿小姐解释了一句："肯顿小姐，请你不要将我父亲就在此刻离开人世而我却没上楼去看他视为非常不近人情的行径。你应该清楚，我了解父亲肯定希望我能在此刻去继续履行职责。"

史蒂文斯真是太"敬业"了，"敬业"得让人无话可说，自己的父亲死了，他不去为父亲合上双眼，却要为客人的脚忙乎。

忠于主人还意味着忠于和捍卫主人的观点以及行为，为主人隐藏秘密。

达林顿勋爵利用其权势和影响召开家庭秘密会议，邀请英、法、美、德等国要员参加，希望达成共识并形成舆论力量，渴求愈合一战留下的创伤，改善同战败国德国的关系。结果他的"亲纳粹观点"不自觉地成为帮助纳粹上台的工具，他也曾协助过德国战犯——希特勒的外交部部长里宾特洛甫，帮助过英国的法西斯分子。真相被揭露出来后，达林顿勋爵因此身败名裂，但为之服务的史蒂文斯管家依然为主人辩解庇护，认为勋爵除了从事最崇高、最宏伟的事业之外不会做其他事情。"他尽其所能以确保和平将持续地遍及欧洲。"史蒂文斯还说，"我绝对相信勋爵准确无误的判断力。"

管家史蒂文斯的行为称得上绝对忠诚。

三是展示其才智和造诣。

节制情感，保持从容、平静的处事风度，以及对主人忠诚，这是一个管家不难拥有的品质，而要做到史蒂文斯所说的"展示其才智和造诣"，却是有难度的了。如果说想要成为最优秀管家那金字塔的塔尖的话，那么拥有这一品质无疑是攀上塔尖的必由之路。

"才智"好理解，就是用脑子去服务，不仅想到如何实现主人的想法，还能预估主人的期望，比如史蒂文斯能想法子将银餐具擦得银亮银亮，主人和贵客原本暗淡的心情因眼前银亮的餐具变得赏心悦目起来，史蒂文斯得到了达林顿勋爵的赞赏很有成就感。

“造诣”呢？似乎有点悬了。

史蒂文斯有个观点，就是“梯子”和“轮子”的观点。史蒂文斯认为，他父亲那个年代的男管家们倾向于把世界看作一架梯子——皇亲国戚、出身于历史最悠久家族的公爵和勋爵置于最上层，“新近的暴发户”次之，渐次下排，由财富的拥有量来定夺。胸怀大志的男管家会竭尽全力朝这架梯子的高处爬，爬得越高，职业威望越高。

到了史蒂文斯这代管家，他们不再将世界视为一架梯子，而更多地将世界视为一个轮子。世界上许多重要事件的争论、决策，不是在公众场合做出的，而是在这个国家的豪宅内运作的，所以史蒂文斯就认为，整个世界就是以这些权贵们的豪宅为中心而旋转着的轮子，他们这些有抱负的男管家，每个人都尽其所能寻找途径接近这个中心，为那些“手中掌管着文明”的伟大绅士服务、效力，实际上他们是为着这个世界的轮子在工作。

史蒂文斯明确表示：“除非我已尽我所能去照料勋爵顺利完成他赋予自己的那些伟大使命，我的职业才会功德圆满。”1923 年那次日后震惊朝野的秘密会议在达林顿府召开时，作为一个男管家的史蒂文斯的“才智和造诣”，毫无疑问达到了他职业生涯的顶峰。他除了让每个来自不同国家的政府要员、议员享受到宾至如归的服务之外，更重要的是，他也参与到这个世界轮子的运转之中，为达林顿勋爵提供与会者的政见信息，并私下表达他的观点。

史蒂文斯为如此接近这世界大转轮之中心而骄傲。他很满足，但关于他服务的主人达林顿勋爵之观点和行为的是与非，直到小说的最后，史蒂文斯也没表明他的反思，他仍然相信他的主人，尽管达林顿勋爵早已因此事身败名裂，尽管达林顿府已经换了新主人。

我们只能说，史蒂文斯是真正的独一无二的英国男管家。

作者石黑一雄说："史蒂文斯有一份很夸张的责任感。"尽管夸张，但石黑一雄还是欣赏的，"夸张的责任感"实际上是在寻找存在价值和生活意义。如果史蒂文斯不把自己的工作责任界定为"世界上最杰出的管家"的话，那么他将失去方向感和存在感，也就失去了奋斗的动力，由"独一无二的老牌男管家"沦落为成千上万个男仆人男佣人中的一个，英国的管家文化也就失去它独特的魅力。也可以说，正是由于史蒂文斯那份"夸张的责任感"，把英国的管家文化推向了话题的风口浪尖。

所以说，石黑一雄塑造的史蒂文斯这个人物是成功的，成功的标志之一是这个人物像一面镜子，不同的人可以从中看到不同的自己；另一个是读者对这个人物的看法是褒贬不一的，即这个人物是有争议的。

我的一个从事文化企业的朋友看了电影《长日留痕》后，在我的推荐下读了小说，他说《长日留痕》简直就是部企业员工培训教科书，他很喜欢史蒂文斯，他说史蒂文斯提出和实践的管家的三个职业品质——节制情感、忠于主人、展示其才智和造诣，其实可以上升为所有职业的三个品质，即：规矩、忠诚和造诣。实际上，这三条是任何职业、任何一个出色员工都应该具备的品质。在这位企业家朋友的眼中，史蒂文斯无疑成了现代职员的榜样，值得每一位想有出息的现代职员学习、效仿。那位朋友甚至过激地说，一个老板遇到史蒂文斯这样的员工是他的幸运，要找就找史蒂文斯这样的员工。

同样，我们在追求自由、强调人的独立性的读者那里得到的是另外的看法：史蒂文斯就是一个不近人情的、盲从的服务机器。他们的理由是，你节制情感但也不能对一个向你倾情的姑娘压抑自己啊；你忠于主人但你也不能不去为死去的父亲合上双眼啊，你对父亲都不忠于还能忠于主人吗；你展示才智和造诣也不能以为自己真的靠近了这个世界轮子的中心啊，一个管家就只是一个管家，再者你也不能黑白是非不分啊。接下来，对史蒂文斯持否定态度的人们就会继续追问，值吗？这样无条件地去忠于一个人，服侍一个人，以他人的生活为自己的生活去活一辈子，值吗？

老实说，我也无法判断史蒂文斯的一生值不值。值不值，是一个价值判断，你认为它不值它就不值，你认为它值它就值，但史蒂文斯不仅认为值，还要做到极致，做管家就要做“世界上最杰出的管家”。你说史蒂文斯一根筋也好，执迷不悟也好，但他对于他的选择、他的奋斗，一刻也不曾后悔过，一刻也不曾放松过。在追溯他为达林顿勋爵服务三十五年的经历时，他说：“追溯我的职业生涯至此，我主要的满足是源于我在那些岁月里所取得的成功，而且我今天唯一感到骄傲和满足的是我曾经被赐予如此的殊荣。”话说回来，管家史蒂文斯的选择和执着，难道不正是其可爱之处？不正是我们缺少而该拥有的“夸张的责任感”？所以石黑一雄说：“除非我们可以按某种标准告诉自己已经很好地完成任务了，没有虚度人生，已经不遗余力了，否则我们似乎是不会罢休的。因此，就我的理解而言，我想这就是人类有别于其他生物的特点之一。”

当然，石黑一雄似乎并不止于让他的读者来讨论史蒂文斯值不值的问题，如果我们换一个角度，将一个身份卑微的管家与那桩秘密会议的重大政治事件比对起来看，那我们将看到作者石黑一雄的写作野心。无论出于维护欧洲和平的努力，还是其他什么，达林顿勋爵的“亲纳粹、亲希特勒”的态度是昭然若揭的，那么他召开的那次豪宅秘密会议可以说是非人道和非正义的。管家史蒂文斯作为组织者和接待者付出了劳作，虽然他也间接地斡旋其中，但他改变不了什么，既改变不了会议非人道非正义的性质，也无法为会议推波助澜火上加薪。可事实是，他全身心地卷入到了这样一桩为世人所不齿的政治事件当中，承担不光彩的角色和罪名。

由此我们看到，在一些大事件中，那些地位卑微、平庸的人成为随波逐流的盲从者，正是因为他们的参与，一些事件才对社会造成恶劣的影响。从这个意义上来说，那些忠诚的盲从者已成为罪恶的推动者与帮凶，史蒂文斯实际上也是这种帮凶与罪人。最让我们无法判别的是，史蒂文斯卷入这场大的政治事件是主动还是被动？是有意识还是无意识？或许连史蒂文斯自己也说不清楚。这是人的复杂，是人与世界关系的复杂，也是石黑一雄小说的野心。

“我的心行将破碎”

这位节制情感、心中只有主人连自己都没有的男管家的故事里，有爱情吗？

我的回答是，有。不仅有，而且是世间诸多爱情的情形里，最内敛最有意味的一种：似是而非、若有若无，如那强风中的微雨，不知是雨还是雾？

史蒂文斯先生和肯顿小姐，他们有爱情，不过他们的爱情连花都没有开，更别提结果了，他们的爱情只是根茎相连的两片叶子而已。叶子与叶子靠在一起，风来了，点点头，或调皮打打架，一起绿过，便枯萎了，没有花的绚烂，没有果的芬芳。这是爱情的一种，令人忧伤也令人怀想。

显而易见，我们要想在小说中读到炽烈如火、互诉衷肠、牵肠挂肚的爱情是不可能的了，而史蒂文斯和肯顿小姐的爱情成为小说的一条隐秘的线索，它成为叙述的动力推动小说往前行走。史蒂文斯和肯顿小姐共事的时光已经过去很久了，达林顿府也易主了，史蒂文斯却把仅有的一次旅行的目的地定为英国西部的小康普顿。因为肯顿小姐住在那里，因为他收到了肯顿小姐一封说她过得并不好的信。尽管此时的肯顿小姐已经是贝恩夫人了，但是，史蒂文斯想要见见肯顿小姐的想法非常强烈，他必须到那里去。肯顿小姐的幸福如此牵动史蒂文斯的心，这是这位刻板节制的管家少有的几次情感外露的表现。旅途六天的故事——即史蒂文斯自驾前往西部期间所看到和想到的事，是以这次“暧昧的幽会”为起因和结局的。

“暧昧的幽会”，是史蒂文斯的新东家对史蒂文斯开的一个半真半假的玩笑。面对这一玩笑，史蒂文斯感到了不知从何辩驳的尴尬，因为在这位管家的词典里是没有“暧昧”“幽会”这样的词语的。史蒂文斯为什么觉得必须到那里去呢？难道他期待一次重新开始吗？

或许在内心深处，他开始为自己曾经错失肯顿小姐的爱而自责和反省。

史蒂文斯是个拘谨、古板、克己的人，他的全部人生理想是成就一个管家的“尊严”——成为史上最杰出的管家。他一板一眼，随时提醒自己节制情感，提到肯顿小姐，他总是谨慎措辞，只是强调他们是单纯的合作关系，顶多透露出一点职业上的欣赏而已。因为小说是以史蒂文斯的视角叙述的，每一句话均出自史蒂文斯之口，在这位拘谨刻板的正宗的男管家嘴里，除了领略他冗长而周到、委婉而正经的语调风格外，想要读到他对肯顿小姐的真情实感，是很困难的。虽然他回避自己的感受，但他依然讲述了发生在肯顿小姐身上的故事，这些故事与他有关。

肯顿小姐大大咧咧，情感外露，精力充沛，有着易冲动的活力。她喜欢史蒂文斯，她是这场感情之战的进攻者，而史蒂文斯成为防守者和招架者，他们之间没有亲密举动，没有甜言蜜语，而维系他们感情的是肯顿小姐有些“恶作剧”的暗示以及史蒂文斯稍显狼狈的“装聋作哑”。

史蒂文斯总喜欢拿“职业问题”当挡箭牌，一来隐藏自己的情感，二来搪塞肯顿小姐。比如肯顿小姐高兴地送来插满鲜花的花瓶，为他的房间带来点生气，可史蒂文斯没好声气地说：“这不是一间娱乐室，我很乐意将消遣保持到最低限度。”把肯顿小姐的好意呛了回去。肯顿小姐不想把自己和史蒂文斯的关系只限定在每天黄昏一起喝喝茶谈谈工作上，她期许有些小小的发展，至少能引入到私密的话题上来。一天机会来了，肯顿小姐来到史蒂文斯的房间看到史蒂文斯在看一本爱情小说，从聊聊小说里的爱情，到聊聊彼此间的情感，肯顿小姐以为这应该是一次契机。她问他看什么书，他躲她，不想让她知道。他把书抱在怀里，她非常轻柔地拿出他怀中的书。这一刻他们的身体挨得那么近，他以几分不自然的方式将头扭向一旁。事后史蒂文斯回忆“这整个过程似乎花了极为漫长的时间。”事实上这一过程时间并不长，但是是他们身体的唯一一次温柔靠近。

很快，史蒂文斯将情感的脱缰之马拉回到现实，他对肯顿小姐的解释是，读这类小说是提高驾驭英语能力的有效方式。这是一个让肯顿小姐伤心、让旁人发笑的理由。这次之后，肯顿小姐对史蒂文斯的感情到了一个转折点，肯顿小姐像史蒂文斯一样，把他们的关系“冷漠”到一本正经的工作上来，但真正让肯顿小姐绝望的是，肯顿小姐告诉史蒂文斯她接受了朋友的求婚时，史蒂文斯表现得平静而冷淡。史蒂文斯后来回忆说：“在那扇门的后面，离我不过几码远之处，肯顿小姐确实在哭泣。”肯顿小姐用她的眼泪洗涤了这段爱情的痕迹。

尽管史蒂文斯被他一生追求的“职业理想”蒙蔽了身心，让他变成一块情感的坚冰，但任何一个明眼人都能看出来这只是表象，其实史蒂文斯的心是渴望和肯顿小姐一起跳动的：他为肯顿小姐会见别的男人而不满；他觉得与肯顿小姐的那次靠近是那么漫长；多年后他能为肯顿小姐的一封信立刻踏上旅程。这么看，肯顿小姐也是在他心中的。

我们不好假设史蒂文斯如果接受了肯顿小姐，他们的爱情开了花结了果会怎样，对史蒂文斯来说，肯顿小姐和职业追求，只是一次人生选择，他选择了后者，他的悲哀不在于选择后者，而在于他为了后者而压抑前者，为自己的职业追求而羁绊自己的情感，这样的人生对一个人来说并不是完整的。

旅程中的第四天晚上到来了。史蒂文斯见到了肯顿小姐，不，应该是见到了贝恩夫人。由开始的隔阂，到愉悦地回忆往事，再到感伤地谈到现在，他们在一个茶室里见面两个小时。当他们敞开心扉谈到当年的感情时，他们的见面也接近尾声了。从他们的谈话中我们也真真切切看到了曾经发生在他们身上的似是而非、若有若无的爱情，虽然这段随着年月消逝的爱情已经不可重拾，但共同的记忆让人生和生活变得丰富起来。

史蒂文斯很关心她信里提到的她过得不幸福的事儿，因为她在信里说“展示在我面前的余生犹如一片虚无”，这究竟是怎么回事？肯顿小姐告诉他，这是过去的事了，她甚至否认自己说了类似的话，说如果说过，那也是某段时间的心境，早已过去了。

肯顿小姐告诉史蒂文斯，她最初并不爱她的丈夫，她也没有想到会离开达林顿府。她当初嫁给她的丈夫并不开心，她时常会想到如果和史蒂文斯共同拥有那种生活将是怎样，但是一年一年地过去了，她习惯了她的丈夫，也渐渐爱上了他，达林顿府的那种幻觉生活也退出了她的生活。贝恩夫人说：“你不能永远对过去也许会发生的事耿耿于怀。”

这些话暗含的意思在史蒂文斯的胸中激起了一定程度的悲伤，他似乎开始后悔了——我为何不应该承认呢？史蒂文斯说：“那一刻，我的心行将破碎。”

史蒂文斯送肯顿小姐上了公共汽车，他发现她的双眼充满了泪水，史蒂文斯能感觉到他们也许永远不会再见面了。

史蒂文斯急切奔赴的地方，急切想要见到的人，都如愿了，也给了他全部的答案。

毫无疑问，肯顿小姐成了史蒂文斯一生的遗憾。

“等待我的是一片虚无”

史蒂文斯与肯顿小姐分手之前，肯顿小姐问史蒂文斯返回达林顿府后的前景如何。

史蒂文斯说："嗯，不管等待我的是什么，贝恩夫人，我知道等待我的不是一片虚无。我倒情愿等待我的是一片虚无。可是，啊，不，有的只是工作、工作，而且是更多的工作。"

我们也不禁要问，作为杰出的英国男管家，史蒂文斯曾经拥有了什么？等待他的又是什么呢？

史蒂文斯是一位现代意义上的杰出的男管家，他的职业操守和职业理想在今天也堪称杰出。从这点上来说，他是成功的，他为他的追求——节制情感、忠于主人、接近那个世界轮子的中心——感到骄傲和满足。但是他拥有了什么呢？拥有了一顶"世界上最杰出男管家"的帽子和英国老牌男管家历史上光辉的一页？

是的，他的确拥有了这些，可是在此之外，他的父亲病重他不服侍在侧，他的父亲死去了他也不去为他合上双眼；一个姑娘为他情窦几开他佯装不见。他的眼里只有他的主人和主人的客人，再没有任何人，连他自己也没有。一个心中连自己都没有，并且毫不留情地断绝了人世间亲情、友情、爱情的人，只是一架为所谓的个人名声而转动的机器而已。我们中国文化重孝心、讲礼仪，这一传统放之四海而皆准，它也适合这位英国男管家，这不是文化价值观差异的问题，因为这是为人之基本。当一个人放弃这些为人的基本准则的时候，他已经被视为异类了，他将作为一个人类精神病理学的标本长期存在。

当然话说回来，不孝不仁也无妨，那是属于个人的为人品德，但是发生在史蒂文斯身上的另外两件事，则体现出他的是非不分、正义感缺失。一是所谓的"靠近这个世界轮子的中心"，二是为达林顿勋爵的辩护。

当史蒂文斯说到一个管家的至高“尊严”是靠近这个世界轮子的中心，并为这些掌握着文明的人服务实际上也是为这个世界的轮子效力时，我突然想到了阿Q，没想到阿Q先生的精神胜利法也出现在这位管家身上。社会文明进步的标志是分工的细致与明晰，一个杰出的管家永远应该做一名管家的事儿，即使他围绕在政治权势身边，他也不可能是在履行政治权势的职责。如果一个为英国首相开车的司机说我在间接参与英国政治，那么这位司机不是由于无知便是自大，他说出这种话是需要勇气的。史蒂文斯需要为他的伟大的管家职业找到一个存在的理由，但这一伟大的理由未免太一厢情愿了，而且只有史蒂文斯才相信这一理由。

再者，为达林顿勋爵辩解。人尽皆知，在那次世界大战中“我们所付出的远远超出了我们所得到的”。对达林顿勋爵所主张的降低德国战败赔款以及他“亲纳粹亲德国”的观点人们是嗤之以鼻的，而史蒂文斯依然相信达林顿勋爵，依然为他辩解，认为媒体不负责任的报道毁了达林顿勋爵。我们以为，史蒂文斯的行为已经是是非莫辩、“廉耻”不分了。管家为一个人服务、忠于一个人，这没错，但是在民族国家之大问题上，忠于正义、忠于自由是在忠于个人之上的。《管子·牧民篇》有云：“礼义廉耻，国之四维，四维不张，国乃灭亡。”

当然，史蒂文斯是明白个中道理的，他不敢承认自己犯过的错误，他说：“人须自省——那样做又有什么尊严可言呢?”他这样做是有他的理由的，史蒂文斯的理由是：“‘尊严’的至关重要处在于男管家必须具有不叛离其所从事的职业本质的才能。当今世界太邪恶了，根本不适于善良而又崇高的本能。”这一理由只能归结为他的价值判断是错误的，进而说明他的价值观是错误的。

或许正如史蒂文斯所说，他所拥有的只是一片现实的“虚无”。

《纽约客》杂志的记者问石黑一雄：“据我所知您的若干部小说结尾具有淡淡的救赎色彩，尽管其中的人物还极度脆弱和伤感。您选择这样结束你的故事有什么原因吗？”

石黑一雄这样回答：“嗯，通常在我小说的结尾中，叙述者对痛苦的事有了部分的适应，他或她终于开始接受那些原先无法接受的痛苦事情。但这里面常常仍有一个自我欺骗之类的因素存在，足以让他们能继续生存下去，因为人生的悲哀之一便是它很短暂。要是你把它弄得一团糟，是没法再重来的。”

小说结束时，史蒂文斯似乎也有了“淡淡的救赎色彩”，他想着利用生命的日暮时分，尽量去理解在人间构筑起来的温情，并企图去改变他的管家生活，他说他返回达林顿府首先要做的事是，学会调侃打趣。

或许，原来那个史蒂文斯会变得可爱起来。

根据这部小说改编的电影叫《告别有情天》，尽管电影的故事容量没有小说大，但电影的灵魂与小说格外地一致。就名字来说，电影强调着一个“情”字，而小说的名字《长日留痕》似乎更耐人咀嚼一些，漫长的时日流逝了，淹没了哪些痕迹，又留下了哪些痕迹呢？

小说是在史蒂文斯即将返回达林顿府前的独白中结束的，而电影的结尾却不同：史蒂文斯回到了达林顿府，做着与往日相同的工作。一只鸽子不小心飞入大厅，在屋子里挣扎飞翔却被墙壁阻挠，始终飞不出这个大厅，几番迂回后，它才“扑棱棱”地飞向天空，消失了踪影。

这个形象却是另外一番意味：在达林顿府工作几十年的史蒂文斯，无论为他的追求付出多少努力，奉献青春，但仍然像那只鸽子一样终难飞出这个狭小的世界。

这个忧伤的结局，已经没了石黑一雄那“淡淡的救赎色彩”了，但我以为，这似乎是更真实的现实。

世上没有比爱更艰难的事情

马尔克斯和《霍乱时期的爱情》

世上没有比爱更艰难的事情了

马尔克斯在他的小说《霍乱时期的爱情》里很有感慨地说："世上没有比爱更艰难的事情了。"说这话时马尔克斯已经五十八岁了，他的口气肯定且干脆。三年前也就是1982年他得到了诺贝尔文学奖，这一切都来自《百年孤独》。"那里汇聚了不可思议的奇迹和最纯粹的现实。"（诺贝尔颁奖辞）但短短三年后，他完全抛弃了"魔幻""奇迹"的写法，用"纯粹"得有些琐碎的现实写法，投入到对"爱"的探询当中，完成了《霍乱时期的爱情》这堪称百分之百"现实主义"的爱情百科全书。在我看来，马尔克斯写这本书似是为了献给自己，因为他的目的很明确，一是想撕掉贴在他身上的"魔幻现实主义"的标签，二是想告诉别人虽然我老了但我的激情没老，我渴望并有能力去爱，尽管爱是那么艰难。

我们没有什么理由不相信一个五十八岁的老头儿说出的关于爱的看法，他走过的漫长的道路和他在路上耳闻目睹的像尘土一样多的故事或传奇，以及成熟得还来不及枯萎的大脑智慧，足以使他的看法成为箴言。“世上没有比爱更艰难的事情。”这句话包含着爱之艰难的三种可能性：

爱一个人是艰难的。

被一个人爱也是艰难的。

两人相爱更是艰难的。

所以在《霍乱时期的爱情》中，马尔克斯似乎为了阐释这三种可能性而安排了三个人物——费尔米纳、乌尔比诺和阿里萨，他们就像三角形的三条边交织在一起，组成了一个关于爱与被爱、选择与拒绝的故事。在这个爱的等边三角形中，我们无法依靠道德是非来分辨哪些爱只是对虚荣的满足，哪些爱是对平庸的放弃，哪些爱是对爱的守候，因为每一种爱（无论是只开花不结果还是又开花又结果）的历程都是艰难无比的。

故事是这样的：年轻的穷小子阿里萨与中产家庭小姐费尔米纳一见钟情，炽烈的爱火在他们胸中迅速蔓延，星星之火即将燎原之际，费尔米纳的父亲——一个性情暴躁、一心想“使他的女儿成为一位高贵夫人”的做骡马生意的小商人——用一盆冷水浇灭了两个年轻人的爱火。费尔米纳被父亲拖上马车，远走他乡，她粗暴的父亲认为距离可以熄灭燃烧的爱火。尽管如此，阿里萨电报员的职业优势，仍可以神秘地让他得到费尔米纳的一些消息，包括她返回故里抵达港口的时间。当费尔米纳的船到达港口时，她并没有看到阿里萨，不是阿里萨没有来，相反阿里萨得到她返回的日期兴奋得几宿睡不着；而是一场不期而至的暴雨让码头混乱不堪，他们相互错过了。费尔米纳不满，“热恋的激情变成了不满的冷峻。”一气之下，把阿里萨从自己的生活里抹去了。在费尔米纳拒绝阿里萨的日子里，全城最受青睐的单身汉乌尔比诺医生——“他个人的才华和风度令人倾倒，他家里的财富令人羡慕。”——走进了费尔米纳的世界，费尔米纳很快接受了他，他们在一起走过了近五十年光阴，日子在爱的甜甜蜜蜜和磕磕碰碰中结束。而阿里萨，从被拒绝的那一刻开始，便在悲痛欲绝中开始了漫长的等待。等待就像一艘漂到了昏暗的茫茫大海上而失去了动力的船，没有目标，孤立无援，但阿里萨“孤寂的心灵中深藏着一个信念，在这个世界上，没有哪个人比他爱得更深”。直到五十一年九个月零四天后，费尔米纳的丈夫乌尔比诺从梯子上摔下来死后，这艘等待的船才得以靠岸，只是这艘船都快报废了。两位古稀老人终于走到一起，他们因怕人打扰在船上挂上标识霍乱的旗帜，一直向爱的“黄金港”驶去。费尔米纳盯着阿里萨，她悟到：生死之间，爱才是无限的。

在我粗线条的复述当中，故事的骨架得以呈现，而有血有肉的叙述仍留在三百页的小说中。但不难看出，这是一个不新鲜的故事：甲和乙相恋，乙嫁给了丙，甲等待，甲和乙重新走到一起，这是叙事学家们用数学统计的方法从百千爱情故事中提炼出来的十种爱情故事模式之一。对小说家来说，天下的爱情故事大抵被写绝了，已经很难再编出什么新鲜的和动人心魄的弯弯绕绕的爱情故事来了。然而，这并没有削减小说家们书写爱情的热情，爱情题材的小说仍然是图书市场的宠儿，读者们仍然期待爱情小说能为自己提供参考和指南。尽管大量小说家都在写爱情，尽管爱情小说铺天盖地，但在我看来，也只存在两种爱情小说，一种是伟大作家写出的伟大、丰富的爱情小说；一种是平庸作家写出的平庸、单薄的爱情小说。把一个庸常的爱情故事写得伟大、写得动人心魄、写得丰富博大，和把一个庸常的爱情故事写得庸常、毫无新意，是一个伟大作家与平庸作家的区别。所以马尔克斯除了在《百年孤独》中表现出不可一世的卓绝外，在《霍乱时期的爱情》中依然如此，写出了他对爱情透彻的领悟和他对爱情与人生丰富的看法。更重要的是，字里行间渗透出了一位老人对爱情的激情，他暗示我们，在时间与爱的这场博弈中，爱是胜者。

马尔克斯将费尔米纳、乌尔比诺和阿里萨三人之间的爱情故事演绎成一段动人心魄的绝唱大戏——我们知道，费尔米纳与乌尔比诺相爱一辈子，阿里萨等待费尔米纳一辈子，他们都需要莫大勇气和智慧——马尔克斯用感性的细致入微的生活细节来营造爱情发生的气候，描述爱情随时遇到的足以令当事人粉身碎骨的障碍，延宕等待一场真爱降临的漫长时日，揭示爱情走向婚姻之后的相处秘诀。难道这四点真能令一个不新鲜的爱情故事脱胎换骨吗？当我这样来概括《霍乱时期的爱情》与其他爱情小说的不同时，我觉得不妥，我立马想到琼瑶们的爱情小说，她们也是在这几方面花费笔力的，这几点的确能解决小说阅读吸引力的问题，但它不能解决肤浅无力的问题。琼瑶们给我们描述的是真空中的爱，它的本质是伤感，而真正的爱成长于险象环生的自然里，它的本质是艰难，或许这才是马尔克斯要告诉我们的，所以马尔克斯真正依靠的表达武器，是思考爱给人的启迪以及发掘爱与生活相处的艰难。

爱究竟有多艰难？小说前一部分写的是“现在”：费尔米纳和乌

尔比诺医生的婚姻生活以及乌尔比诺医生的去世。这一部分，马尔克斯想写的就是相爱的艰难。乌尔比诺医生已经年迈不堪了，他在花园里的柳条摇椅上消磨时光，他马上就要去参加别人的葬礼，此时芒果树上的一只鹦鹉冒犯了他，他爬上梯子去抓它时摔了下来。乌尔比诺医生的死法与他在世上显赫的声名和崇高的威望相比，多少有些滑稽，对那只把他带到死神身边的鹦鹉，“他像爱一个人似的爱着它。”医生死去之前在妻子费尔米纳的怀里用尽力气说了最后一句话：“只有上帝才能知道我有多么爱你。”这是让人伤感的一个场景，一对走过了半个世纪婚姻的夫妻从此阴阳两隔，医生留下最后这句话时目光非常明亮，他表达了他所有的感激之情。这种明亮和感激只有费尔米纳才能理解，因为只有她才知道他们之间为了维持爱和婚姻，曾经经历了多少阴云密布、黑暗重重的日子。

小说花较多的笔墨描述了这样一个细节：医生醒得很早，起床摸黑穿衣服。费尔米纳被医生弄得似睡非睡，有些躁。医生自言自语说，“差不多有一个星期我洗澡没找到肥皂了。”费尔米纳醒过来了，想起了那件事，气鼓鼓地翻了个身，因为她准是忘记在浴室里搁肥皂了。三天之前，她就发现没有肥皂了，但当时已站在喷头下，她打算过后再去拿。然而第二天，她把这件事忘了。第三天又忘了，实际上也不是如他说的那样一个星期没有肥皂，他那样说是为了夸大她的过失，但是三天没有肥皂，却是事实，这是推诿不了的。被别人抓住了过失，她心中很不是滋味，终于恼羞成怒。像往常一样，她以攻为守了，说，“这些日子我天天洗澡，”她怒气冲冲地叫道，“每次都有肥皂。”医生熟悉她倔强的争吵方式，这一次，医生忍不住了，他搬到外边住去了。冷战了三个月，他们也曾想解决纠纷，结果怒火却越烧越旺。在她不承认浴室没有肥皂之前，他不准备回家。而她呢，在他不承认自己故意说谎话折磨她前，也不想让他回来。最终，这场纠纷还是以医生承认浴室里有肥皂而结束。

险些为浴室里有没有肥皂这种芝麻大事儿闹得各奔东西，这就是婚姻的恐怖。我相信这一细节能引起很多人共鸣，我不得不为马尔克斯对婚姻精到的看法而表达我的敬意，这是一个出色小说家在生活的海洋中打捞起来的“真金白银”。它让我们看到生活的实质，并让我们对身处其间的生活产生浮想联翩的思考——婚姻中任何一件小事都能酿成大错。这些小事就像暗礁一样，随时可能撞沉婚姻这艘大船，作为舵手的夫妻二人，小心谨慎地绕开这些看起来微不足道的暗礁比躲避一场看得见的灾难更加困难。所以如何使婚姻生活之舟顺利航行，成为夫妻生活的主要内容。玫瑰只属于短暂的爱的瞬间，而一生相伴才是持久之爱。作家余华说，对于追求片刻经历的男女来说，似乎玫瑰才是爱情；而对于一生相伴的男女来说，相依为命才是真正的爱情。

马尔克斯在叙述中三番五次地表达了他对婚姻的失落感，他说：“婚姻是个只有靠上帝无限仁慈才能存在的荒唐的创造。”“夫妻之间的疙瘩每天晚上消失了，但每天早上吃早饭之前又必须重新制造。”“社会生活的症结在于学会控制胆怯，夫妻生活的症结在于学会控制反感。”“婚姻的根本不在于快乐，而在于稳定，还有爱。”尽管如此，马尔克斯没有让费尔米纳和乌尔比诺医生丧失对婚姻的希望，相反，正是那次“浴室里有没有肥皂”的争吵（他们半个世纪的共同生活中最严重的一次），使他们产生了要“言归于好，开始一种新的生活的想法”，所以当医生死在费尔米纳怀里，目光明亮地说出“只有上帝才能知道我有多么爱你”这句话时，这段相伴一生艰难无比的爱情堪称完美地谢幕了。

最后，费尔米纳对躺在棺材里的医生说：“我们很快就会见面的。”可是阿里萨出现了，一切又发生了改变。

爱你是我一生的信仰

小说写了三个时间段的故事，即过去，过去的过去和现在。过去，讲述费尔米纳和乌尔比诺医生的婚姻生活及医生在全城建立起的崇高声誉；过去的过去，讲述费尔米纳与阿里萨的爱情；现在，乌尔比诺医生去世后，费尔米纳与阿里萨谱写出的新的恋情。从内容篇幅上看，“过去”和“现在”各占五分之一，“过去的过去”占五分之三，显然，马尔克斯重点要写的是费尔米纳与阿里萨的爱情。经过青涩、甜蜜和不愉快的恋爱后，阿里萨向费尔米纳求婚遭拒，两人断绝关系，阿里萨当时二十二岁。此后，直到在七十三岁的古稀之年“两双老树皮一样”的手再次握到一起。在两人分别的五十一年九个月零四天中，费尔米纳嫁给了富有的青年才俊乌尔比诺医生并相依走过漫长的日子，而阿里萨，终身未娶且无时无刻不在思念和等待费尔米纳。

五十一年九个月零四天，是这部小说中多次出现的字眼，也是这部小说中最动人的字眼。一个男人为爱所困、为爱所思、为爱所等五十一年九个月零四天，这个时间限度已经远远超出了一般人在这件事上的想象力。我们见过最多的是三五年，爱的梦想在对方为人妻为人夫后终结，而一般人，经过一段多多少少有些“惊天动地”然后不了了之的恋情后，不出三五月，他们很快就会“醒悟”，“天涯何处无芳草?”很快，新的恋情就像尘土一样覆盖过去的恋情。这是我们日常生活中“正常”的“爱情现实”，但当马尔克斯笔下的人物阿里萨“非正常”的“爱情现实”出现在我们眼前时，我们的好奇心便会苏醒：他是怎么做到的？他为什么要这样？如果我是阿里萨我会这样吗？

这些问题，看似是对阿里萨提出的，但潜意识里这些带着衡量自身的爱情价值和意义的问题是对我们自己提出的，阿里萨吸引我们，是我们对自身爱情的怀疑——我能为心中的爱情等待一辈子吗？同时，这些问题也是对马尔克斯提出的，你笔下的阿里萨，能说服我们，他的每一天每一年都能为他的等待理由和等待逻辑提供确凿的证据吗？这是一个小说家的才华遇到的最大挑战，就像意大利著名小说家卡尔维诺在他的小说《树上的男爵》中遇到的挑战一样，如何让柯西莫在树上生活五十三年最终死去而一天也不曾回到大地上。马尔克斯作为一个伟大小说家，他的伟大之处就是在这样看似平常却关系到一部小说成败与否的关键问题上的表现，他不要那些好看的花招，他的叙述一丝不苟，他最终说服了我们，让我们相信阿里萨，并相信阿里萨用一生来诠释的对爱情的看法：爱一个人是一生的信仰。

我们有必要在这里不厌其烦地追述阿里萨是怎样完成他五十一年九个月零四天的思念和等待的。这是一个艰难的过程，绝望与希望同在，失落与信念同在。

阿里萨的五十一年九个月零四天大致经历了这样几个时期：痛苦的逃离期、浪荡的遗忘期、计划的等待期、平静的思考期。阿里萨发现费尔米纳要嫁给医生时，阿里萨不吃不眠，伤心痛哭，阿里萨母亲的心比儿子还痛，她向阿里萨的叔叔求情为儿子谋得了一份差事，乘船离开这里，去“马格达莱纳河流域的丛林中的一个港口里，那里既无邮局又无电报局，听不到这个堕落之城的任何消息”。阿里萨开始了一段逃离痛苦之地的治疗性旅行，但是在混乱的船上，阿里萨为心中的女神费尔米纳保留的童贞却被一个连面目都来不及看清的老女人夺去了。在这一被动的事件中，阿里萨体验到了一种难舍难弃的登峰造极的快感，他甚至“觉得心里开了一个窍儿”，那就是：费尔米纳的虚幻的爱情，可以用世俗的性爱来取代。这一觉醒，是他人生的一次转折，他企求浪荡的性爱生活成为他情场失意的避难所，此后，与他发生关系的情人数量多得虽说没到无法记数，但也达到了六百二十二人之巨，阿里萨说，“心房比婊子店的房间还多。”

事实上，浪荡的性爱并不能让阿里萨摆脱一个现实——忘掉费尔米纳，相反带给他的还是整天浑浑噩噩，不知道如何生活下去。看来只有一场动人心魄的真正爱情才能解救阿里萨。马尔克斯还真写到了那么一次。阿里萨和一个叫纳萨雷特的寡妇——全城最自由的人——缠绵恩爱六个月后，阿里萨自信“他已经战胜了费尔米纳对他的打击”。但是很快阿里萨的自信在一个倒霉的礼拜日被击得粉碎，他偶然见到了今非昔比的贵妇人费尔米纳，“一身成年人的打扮，高筒靴子，轻罗纱帽子上插着一支东方的鸟毛。”阿里萨并没有嫉妒和愤恨，而是“深深地自惭形秽。他觉得自己贫穷、丑陋，低人一等，不仅不配得到她，而且也不配得到尘世间的任何女人”。就从这一天开始，阿里萨暗暗下定了坚定不移的决心：争取名气和财富以便得到她。而且他打定主意，要得到费尔米纳，哪怕她是有夫之妇，而她的医生丈夫总有一天要呜呼哀哉的。他决心从现在开始不事张扬地等待，一直等到世界末日。可以说，从此，阿里萨更加明白他要干什么，他从父亲留下的笔记本里找到了自己的座右铭：我对死亡感到的唯一痛苦，是没能为爱而死。这是父亲的诗句，这是他为父亲唯一感到自豪的地方。

阿里萨忠诚的等待开始之后，马尔克斯写下了两个会让人为阿里萨感动得流下眼泪的细节。随着时间的推移，阿里萨再不是从前的他了，在叔叔的航运公司，他的事业节节上升，财富和地位也接踵而至，他很明确，夺回费尔米纳是他一生的唯一目标，而且他坚信或迟或早总能得到她。他开始持续三年地修整他的房子，他的理由是"以便在奇迹发生的时候随时可以迎接她到家里来"。"他把原来的卧室翻修成一间会客厅，在顶层另修了一间供夫妇二人住的卧室和另一间供可能降生的儿女们住的房间，两间房都很宽敞，光线也很好。在原先是卷烟厂的那片空地上，修了一座宽阔的花园，里面是各式各样的玫瑰，那是阿里萨利用清晨的闲暇时间亲自动手种的。"万事俱备只欠东风了，我们知道，要等待"东风"的到来至少还需要三十年，而现在一切都就绪了，阿里萨要做的事情就是等待。

还有一次，进入老年的阿里萨在一家高级餐厅的角落里单独吃点心，他突然从餐厅尽头的大镜中看到了费尔米纳，他心中的"戴王冠的仙女"。他在自己冷清的桌边看她与体面的人打趣，直到目送她姗姗离去。马尔克斯这样写道："从这天晚上起，几乎有一年的时间，他死乞白赖地缠住那家饭店的主人，他愿意出钱，愿意办事，愿意献出他生活中最宝贵的东西，只求饭店的主人把那面镜子卖给他。可这谈何容易！因为堂·桑乔老头相信一种传说：这个镜框是维也纳的细木工匠一手雕刻的，和玛丽娅·安托涅塔收藏的镜框同属一对，是绝无仅有的稀世之珍，而且后者早已无影无踪了。他坚持再三，饭店的主人终于同意转让，阿里萨就把这面大镜子放在他家的客厅里，倒不是看上镜框的做工精致，而是因为他情人的形象曾经占领这面镜子的内部空间达两小时之久。”

毫无疑问，马尔克斯对爱情的思考是独到而精深的，他在此方面做的功课和学问，已经可以胜任一个爱情专家的工作了。虽然他没有像帕斯一样写出一部探讨爱情的理论著作《双重火焰：爱与欲》——帕斯是墨西哥诗人、评论家、1990 年度诺贝尔文学奖获得者，与马尔克斯有过交往——但他的《霍乱时期的爱情》早已成为爱情理论的最好注解了。帕斯曾感叹现代作家和学者对爱情的研究甚少，尽管各种假借爱情名义的色情出版物汗牛充栋，但真正论述狭义爱情的书籍则寥若晨星。不知道帕斯是否读过《霍乱时期的爱情》，如果读了，他还会这样感叹吗？有意思的是，《双重火焰：爱与欲》与《霍乱时期的爱情》都是暮年之作，看来真正想在“爱情”上有所作为的是老年人。

我以为，马尔克斯在阿里萨身上的确倾注了他对种种爱情命题的思考，比如爱与浪荡、爱与老年、爱与死亡之间的密切关系和哲学意味，而这些命题又是帕斯在《双重火焰：爱与欲》中重点探讨的。还是让我们回到阿里萨身上。在阿里萨的“浪荡遗忘期”，他与六百二十二个女性发生过关系，难道纵欲真的能缓解爱情的苦痛吗？很显然，马尔克斯不在道德范畴内探讨这个问题，他从人的欲望需求出发，来为阿里萨的行为寻找理由。真正的爱情在性上具有排他性和忠诚性，当初阿里萨爱上费尔米纳后，尽管在妓院里受到挑逗，阿里萨依然不为所动，他说他要为费尔米纳保持童贞。就是在他与六百二十二个女性有过关系后的风烛残年，费尔米纳说没有听说他有过女人，阿里萨依然说："那是因为我在为你保留着童身。"阿里萨一辈子至少在心灵上是为费尔米纳保留童贞的，爱与性的忠诚是画等号的。阿里萨跟那么多女人有过性交往，却不存在真正的爱，他的真爱还是在费尔米纳身上，这就是阿里萨等待的深层理由。这样，阿里萨成为二十世纪文学史上最著名的"痴情汉"的同时，也成为二十世纪文学史上最著名的"浪荡子"。帕斯认为："浪荡子所碰触的一切都失去了现实性。……浪荡子把他所碰触的一切都变成一个幻影，而他自己也变成幻影中的幻影。"阿里萨在不停的性爱中所得到的欢娱，就像麻醉剂起的作用一样，一是麻醉自己，忘却费尔米纳带来的痛苦；二是产生幻影，让所有女性在一瞬间都变成费尔米纳。阿里萨在欢娱与痛苦的矛盾端上完成对真挚爱情的守候。

另外，小说最温馨动人的一幕出现在最后章节，漫长的阴雨天过后终于迎来了可贵的阳光，阿里萨承受了一辈子的"阴雨天"，而我们读者对承受阅读一本书时间的"阴雨天"都有些迫不及待，总之到最后，阿里萨和读者都在阳光中露出了笑容。一对步履蹒跚、风烛残年的老人相互搀扶着踏上了一艘专门为他们开驶的"蜜月游轮"，他们像初恋般的少男少女，还有些羞涩。很快，一场身体与心灵相融合的激情如涨潮的水一样淹没了两位步履蹒跚、风烛残年的老人。费尔米纳枯萎的爱情被阿里萨重新点燃，并炽烈地燃烧起来，行将枯萎的生命也在爱情的火焰中冒出生机与活力来，这是爱情挑战死亡、青春活力冲击生命极限的神话。爱情并不能保护我们免受生活的风险和不幸、伤害，也没有哪种爱情能逃避得了时光的摧残，但是爱情能让不幸找到避风港，能让时光永恒。我们将永远被这个"永恒"所吸引，那便是“不可战胜的自制力和勇敢无畏的爱”，就如小说最后给我们带来的巨大震撼那样：船长问阿里萨我们这样来来回回的航行可以继续到何时？阿里萨早在五十三年七个月零十一个日日夜夜之前就准备好了答案。他说：“永生永世！”

相信爱才能写出爱

我以为，马尔克斯这部爱情小说与很多爱情小说最大的不同在于，他相信爱，并渴望爱。他之所以能写下阿里萨为一个女人等待五十一年的故事，他不是被这个故事表面的想象力所吸引，也不是只忠于这个故事外表的真实，而是他相信这些事情，并忠于自己内心对这些事情的相信。创作一部优秀的小说需要信仰和激情，否则纵然有天花乱坠的叙述和无所不包的细节，也很难在精神源头上征服读者，难免会滑入琐碎和空泛的境地。马尔克斯相信爱情，也相信阿里萨，马尔克斯认为阿里萨虽然等待了五十多年但他并不孤独，因为他有爱，他为阿里萨写下的座右铭是：“我为死亡感到的唯一痛苦，是没能为爱而死。”这或许也是马尔克斯的座右铭呢；另外，马尔克斯写下《霍乱时期的爱情》时已经是功成名就的五十八岁的老人了，而小说涌动的滔滔激情，让这部小说像出自年轻作家之手，这是激情给小说带来的一种奇迹，可以说爱的信仰和爱的激情，成就了这部无与伦比的爱情小说。

马尔克斯当年在墨西哥读到一则报道，说两位年近八十岁的美国老人，每年都在墨西哥约会一次，坚持了四十多年，最后一次约会时遭遇抢劫，双双被实施抢劫的船工用木桨打死，这段持续了半个多世纪的地下恋情才得以曝光。这则报道触动了他，像个药引子一样，引发了马尔克斯一次“爱情大爆炸”的极限写作。也许真正吸引马尔克斯的是新闻里边两位八十多岁的老人四十多年的坚持——如何能坚持这么多年？怎样才能坚持这么多年？正是基于这一富有挑战意味的想象，《霍乱时期的爱情》诞生了。与报道悲剧结局不同的是，小说的结尾要愉快得多。马尔克斯这样解释他的创作意图，他说：“这是一部爱情长篇。大多数的爱情故事都是凄凉的，总是来个悲剧收场。而我所写的这部小说里，那一对情侣是事事顺遂，他们是完完全全的快乐。在我看来，快乐是目前已经不时兴的感情。我却要尝试把快乐重新推动起来，使之风行起来，成为人类的一个典范。”

这则报道成为《霍乱时期的爱情》的写作动机之一，还有一个动机是马尔克斯父母的恋爱史，马尔克斯的父亲是个电报报务员，与小说中阿里萨的职业一样；母亲是上校之女，家境富裕。从小说中阿里萨与费尔米纳的炽烈恋情中可以看到马尔克斯父母的影子。

这部小说1985年在哥伦比亚的卡塔赫纳创作完成，同年在哥伦比亚、墨西哥、西班牙等二十多个国家出版发行。因作者巨大的文学声誉和名人效应，如当年《百年孤独》的出版一样，“一夜间在所有地铁口像热狗一样出售”就不足为奇了。翻译家陈众议说，“它（《霍乱时期的爱情》）的出版标志着加西亚·马尔克斯的黄金时代的终结，因为从此以后，加西亚·马尔克斯将最终离开他的那个活生生的马孔多世界，到历史和别人的经验中寻找创作素材；或者无谓地拨动记忆的尘埃，写一些毫无震撼力的异国风情和历史故事。”我同意这种说法，因为只有《百年孤独》和《霍乱时期的爱情》才是马尔克斯最伟大的作品。

作为马尔克斯的崇拜者，我一直想买一本《霍乱时期的爱情》收藏，但这一愿望却无法实现。除了二十世纪八九十年代我国有过出版外，至今没有再版了。

2012 年 9 月，马尔克斯正式授权中文版的《霍乱时期的爱情》由新经典文化有限公司引进、南海出版公司出版，我随即从网上买一本回来，珍藏、重读。

让被生活淹没的浮出来

卡佛和《大教堂》

读懂卡佛

卡佛小说之《我打电话的地方》。

两个酒鬼，“我”和 J. P.，两个三十岁左右的男人，在戒酒中心的前廊上相见了。戒酒中心，远离热闹、远离醉生梦死，聊天是打发时间的最佳方法。“我”和 J. P. 聊上了，J. P. 是第一次来戒酒中心，除了酒鬼外，他还是一个扫烟囱的。他热爱自己的工作。因为朋友家扫烟囱的事儿，他结识了扫烟囱的年轻女子罗克茜，这女子让他心动，J. P. 想做她做的事情，向她发起爱情攻势。罗克茜家人看 J. P. 不顺眼，但后来罗克茜还是成了他的妻子，他们彼此相爱，J. P. 也成为一个扫烟囱的。不久他们的两个孩子降生，罗克茜不再扫烟囱。也许是生活压力大，也许是扫烟囱的生意不太好，不知从什么时候起，J. P. 沾上了酒，后来严重到整天都离不那玩意儿。夫妻间战争爆发，J. P. 的鼻子断了，罗克茜的膀子脱臼了，生活陷入糟糕的泥潭。J. P. 发现罗克茜有了男友差点发疯，借酒浇愁，因酒后驾车被捕，驾照被吊销，又从房顶摔下来摔断了拇指，下一步能丢掉的只有命了。罗克茜的娘家人怂恿她离开 J. P.，但罗克茜有自己的想法，她送他到了戒酒中心这里来。

“我”呢？和 J. P. 不同，是第二次到戒酒中心来了。第一次是“我”妻子送“我”到这里来的，“我”回去之后，酒并没有从“我”身上离开，妻子将“我”赶出门。“我”的女朋友说“我”可以待在她那儿。“我”女友和她十岁的多嘴的儿子生活，但在圣诞节的前一天，她检查出了癌症，而且情况不妙，我们为此消息一醉方休，两天都没有醒来。“我”觉得有必要将自己的生活理出头绪了，“我”提出再次回到戒酒中心来，所以第二次来这里是“我”女朋友送“我”来的，为彼此的不幸我们沉默不语，在来的路上也将自己喝得烂醉。圣诞节的晚上，“我”给妻子打了个电话，但没人接；“我”也想给女友打个电话，但“我”放弃了。

新年的第一个早晨，“我”和 J. P. 又来到了前廊。远处的路上来了一辆车，是 J. P. 的妻子罗克茜来看他了，J. P. 很开心，罗克茜也是，他们拥吻在一起。“我”觉得有些尴尬和失落，彼此介绍后，J. P. 夫妻要去吃饭了，“我”还是忍不住向罗克茜索要了一个吻，因为 J. P. 和罗克茜也是从 J. P. 索吻开始的，“我”相信这是好运气的开始。J. P. 和罗克茜走了，留下了“我”一人。这是新年第一天，“我”在这里冷冷清清地度过，也许今天下午晚些时候，“我”会给“我”的妻子打个电话，问候一声新年快乐；给“我”的女友打个电话，问问她的近况。

这便是《我打电话的地方》的故事梗概。小说在不经意间结束了，就如它在不经意间开始一样，不像有些拿腔拿调拿着大架势的小说，用尽力气让故事和人物歇斯底里到虚假虚伪的地步，卡佛不这样，他用简单平易——有时来点冷幽默的句子去“说”人之间的故事，是“说”而不是“讲”，“讲”多少有些腔调、有些高高在上，他说着说着，就说出意味来了。这是卡佛真正厉害的地方，让流水账一样的人物对话和动作，最后都往高处去了。

故事虽然结束了，但 J. P. 和罗克茜离开后，小说叙述者“我”颤抖和沮丧的样子长久地留在我的脑海中，毫不矫情地说，我被触动了，五味杂陈。小说这样写：

“我在前面的台阶上坐下来，点着一根烟。我注视着我手的动作，然后把火柴吹灭。我也开始颤抖了，是从今天早晨开始的。早晨我想喝点什么。这令人沮丧，但我什么都没对 J. P. 说。”

一个生活过得如一团乱麻的男人，家破人散，他冷清地坐在那里，这是一个全家团聚的新年，酒鬼朋友和他的爱人离开了，去享受他们的相聚，此刻，这个男人显得更加孤独。在夫妻没完没了的战争中，男人的血性和暴躁总是占有肢体上的优势，但是当硝烟散尽，生活变得满地鸡毛时，男人和女人一样脆弱。“我”坐在那里，J. P. 和罗克茜的故事也感染了“我”，我们都是想把生活驶入正轨的人，即使妻子、女友没有来这里，“我”也要在这里给她们一个电话，不争辩，只问候一声，新年快乐。

这个小说，给我一个强烈感觉，就是一个男人的内心所承受的“冷”，哪怕他是一个酒鬼，一个亲手毁掉了自己生活的无赖，也需要温暖，需要关爱来温暖自己，像J.P.需要他的妻子一样。“我”打电话给妻子和女友，是想从她们那里得到一点安慰：“我”也是一个有人关爱的人，但是电话没有人接听。没人接听没关系，“我”准备另找时间再打。小说在这里结束了，卡佛没有告诉我们，“我”的电话是否打通了？“我”的妻子是否改变了她冷漠的态度？而我——一个读者真希望“我”能如愿以偿，因为这是一个困境中的男人真正醒悟和站起来的关键时刻。

现实中的我们，在人生某个阶段，也是这样的男人。卡佛不仅写出了我们的寒冷，而且也写出了让我们如何去找回温暖。

这篇不到一万三千字的小说有着卡佛小说典型的“标签”：没完没了的对话、动作、简单的叙述、交错的场景、没有结局的结局和一些生活、婚姻失败的普通人，但卡佛表达出了他的诚实——毫不隐瞒那些卑微生命的困顿和他的关怀——每个人都在为摆脱困顿而努力。

这就是雷蒙德·卡佛。

与中国小说家沈从文同一年去世的美国小说家雷蒙德·卡佛，在去世二十一年后正式走进中国读者的视野，2009年译林出版社和人民文学出版社分别出版了《大教堂》和《雷蒙德·卡佛短篇小说自选集》。

我们“时髦地”读到卡佛，并不是卡佛的幸运，而是我们的幸运。我们可以见识一种真正的与人物平起平坐的小说写法，更重要的是，卡佛小说能走进我们内心，与我们交流，让我们意识到自己的存在，提醒我们，自己是个人。而像个人一样活着并非易事——就如他小说中人物的感觉：寒冷包围我们时我们渴望生一盆火，“火点着了，但出了点意外，一大团雪落在了火的上面，火灭掉了。同时，天变得更冷了。黑夜也降临了。”

读过卡佛的作品，有人爱之弥深，有人恨之愈切，“挺卡派”与“倒卡派”平分秋色，就像他活着时饱受争议一样，死后也被争议着。不过，这倒是一个小说家的幸运。一个小说家的伟大似乎是在不断地争议中确立的，而一个小说家最大的悲哀是人们对他无话可说，继而遗忘他。当然，我们争议的是他的小说，而不是小说家本人。那些小说印在书页上，或闪烁在屏幕上，已经与死去的作者没什么关系了——据说卡佛永远在修改自己的小说，但现在他也无能为力了——发生关系的是小说与读者，与其说争议的是小说，不如说是我们自己，我们读后发表意见：是好还是不好，喜欢还是不喜欢。一代代读者会老去，而那些小说，如果它的魅力足够强大的话，它会永远站在书架上，等待争议。我以为卡佛的那些短篇小说应该会一直站在那里。

那么，我们对卡佛小说的分歧在哪里呢？不外乎两方面，一种看法认为卡佛小说在记流水账，叙述沉闷，啰啰唆唆，读来味同嚼蜡，而且不知所云，用小说在给生活制造麻烦；另一种看法则针锋相对，认为卡佛小说在叙述上极简约，但简约不简单。没错，卡佛在记流水账，但他的水不是往低处走而是往高处走的，处处隐藏着超越日常生活的奇妙意外，以及刺痛人心的现实感，他是平民话语的表达者，是个复杂的作家。

任何一种看法都有自己的理由，谈不上对错，而且看法时常会发生改变，不变的是事实。那些已经存在的小说，和那些小说对我以及喜爱卡佛小说的另一些人的征服，我们从中获得的“很卡佛式”的感动和领悟，是卡佛小说长久留在我们记忆中的原因。

卡佛说，无论在诗歌还是小说里，用普通但准确的语言，去写普通的事物，并赋予这些普通的事物以广阔而惊人的力量，这是可以做到的。写一句表面看起来无伤大雅的寒暄，并随之传递给读者冷彻骨髓的寒意，这也是可以做到的。

卡佛的确做到了——去写那些生活得并不如意的普通人物，让他们的每一个行为、每一句话都来源于敏感而脆弱的内心；无论他笔下的角色是酒鬼、混蛋、傻瓜、失败者还是其他什么，无论他们多么消极、悲观、颓废，那些角色总在考虑如何把生活理出个头绪来，怎样使生活走上正轨；他们都不会用自杀去解决问题，总要活下去，总在寻找活下去的理由。这一抹亮色与小说的灰暗之处相比，充满着力量并触动着我们。在过去的二十世纪中，我以为卡佛是真正洞悉了人性的小说家。

走近卡佛

卡佛小说之《羽毛》。

“我”的工友巴德，请“我”和妻子弗兰去他家吃饭。巴德和他妻子厄拉有个八个月大的男婴，“我”和妻子没有孩子，至于为什么没有，因为我们从来没有想到要孩子，比如我们想要有辆新车，想去加拿大度两周假……就是没有想要孩子，有孩子的生活“我”和妻子无法想象。

“我”和弗兰开车找到了巴德在郊外的家，景色很美，很田园，离镇上约二十英里，我们在镇上住了三年但从未来这里转转。来到巴德家的房屋前，一只孔雀“迎接”了我们——它“发出刺耳的怪叫”，

“那颗令人恶心的头点来点去。”和巴德寒暄之后进了屋。厄拉忙来忙去，系着围裙准备晚餐，时不时去照看房间里偶尔哭叫的婴儿。

弗兰注意到了台布上的一副石膏做成的旧牙齿，歪七扭八，很难看。巴德妻子厄拉之所以留着它是为了提醒自己她欠巴德的。厄拉的牙长得歪七扭八，父母花不起整牙的钱，她的第一任丈夫不在乎，只在乎他的下一杯酒在哪里，后来巴德出现了，把厄拉救出了泥潭，巴德和厄拉在一起后，巴德说的第一件事是“让我们把这副牙整整”。这副牙模就是这样来的。厄拉舍不得丢弃它。

晚餐开始，面包、火腿、红薯，“我们”吃完了自己盘子里的东西。“我”听到那只该死的孔雀跑到房子上去了，弄出踢踢踏踏的声音，不久又发出“啊—嗷”的嚎叫。屋里也并不平静，那个婴儿在里边哭开了，很厉害。总之，发生的一切有些混乱，巴德陪着“我们”，对这一切似乎也不太满意。“我”妻子对他们怎么会想起来去养一只孔雀感兴趣。厄拉告诉我们，她是个小姑娘时在杂志上看到一张孔雀的照片，认为它是天下最美的东西，从那时起厄拉就希望自己有一只孔雀，后来和巴德在一起了，巴德就买来了这只“天堂鸟”。

天黑了，那只孔雀进到了客厅里，厄拉也抱出了一直哭的婴儿——在“我”眼里这是个奇丑的婴儿，但巴德和厄拉并不在意，就算他很丑也是他们的孩子——婴孩见到孔雀很兴奋，在厄拉腿上蹦上蹦下；孔雀见到孩子也很兴奋，绕过桌子飞快地跑过来，他们玩耍在一起，都高兴极了。肮脏的孔雀和奇丑的婴儿，在巴德夫妇那里并不是问题，他们享受着琐碎而温馨的一切。

在巴德和厄拉家度过的那晚很不一般，后来“我们”的生活发生了诸多变化，有了孩子，还有其他等等。弗兰把这些变化归咎巴德家的那晚——“他家的丑八怪”和“那只臭鸟”。弗兰并不满意变化之后的生活，因为这并不是“我们”所希望的生活，尽管它来临时，与发生在巴德和厄拉身上的事情完全一样。

我记得那晚我们离开巴德家时，厄拉送给弗兰几根孔雀羽毛做纪念。

或许，小说《羽毛》的关键词是这样几个：孔雀、牙套、婴儿。这样看来卡佛的确简约，简约到语焉不详：到朋友家做客，看到了一个旧牙套，一只怪怪的孔雀，一个丑丑的婴儿，卡佛认为这一晚所见所感，是小说主人公生活变化的直接原因。为什么这样认为呢？是卡佛留给读者的谜语。这是一个看似平淡却不平淡的故事，如海中的冰山，露出水面的只是整个冰山的小小一角，故事背后隐藏着更大的饱含生活秘密的“冰山”，等待读者去感受和破译。卡佛小说真正的魅力就在于这“藏”，那么《羽毛》究竟隐藏了什么呢？我以为，孔雀和牙套是巴德和厄拉爱的证据，婴儿是爱的结晶，这爱在旁人——“我”和弗兰——看来是“旧”“怪”“丑”，是琐碎、混乱和庸常的生活，但对当事人来说是忙碌而满足的幸福，正是这琐碎的幸福打动了“我”，让“我”产生了改变当前生活的想法。小说中“我”之所以认为那晚“很不一般”，是因为“我”目睹了巴德和厄拉的这种幸福，是“我”和弗兰以前所从未感受到的另一种生活，巴德和厄拉有孔雀、牙套和婴儿的生活刺激了“我”和弗兰。回去的当晚，“我”和弗兰就开始了“造人”计划，后来我们拥有了巴德和厄拉那样的生活。

但是，当事情真的发生在自己身上时，并不是“我们”所希望的那样。拥有了孩子的生活似乎只有压力，只有琐碎，而独独缺了那晚刺激我们改变生活的忙碌而满足的幸福，“现在，我俩之间话越来越少了。大多时间里，闷坐着看电视。”“我们不谈这些，有什么好谈的。”有时，弗兰会不自觉地牢骚，怪罪那晚，“你该死的朋友。”“他家的丑八怪。”“那只臭鸟。”当然，弗兰的怪罪毫无道理，如果有怪罪一说，真正该怪罪的应该是彼此之间对婚姻生活的经营不善。

故事这样结局，无疑是深刻而令人怅惘的，它让由孔雀、牙套、婴儿三个关键词组成的故事有了意义，也让前面看似无足轻重的叙述有了落脚点。

在《羽毛》中，卡佛试图解决一个问题，生活是如何变成这样的？这是一个无法给出答案的问题，但卡佛想从两个方面给出他认为的答案：一是外界的刺激，二是改变的欲望。刺激来自巴德家的见闻，欲望来自对生活的更多需要。当然，小说主人公拥有了孩子等变化之后，生活并不如意，不是他们希望的那样——像巴德家享受忙碌而满足的幸福。相反，变化的一切可能让他们的生活陷入新的危机之中。这是生活的现实，他们期待去改变，但改变的结果并不如愿。至于小说主人公“我”和弗兰陷入的新的生活困境，卡佛和我们均无法优雅地去解决，他和我们一样困惑。

卡佛说：“所有我的小说都与我自己的生活有关。”他还说，“我不会写一个关于我邻居阿特先生的故事。”事实上也是如此，读卡佛的小说，我们总是想到卡佛的人生经历。卡佛经历了两种人生，以1977年为分界线。1977年往前追溯至1938年出生，卡佛过的是动荡而有压力的生活；1977年之后至1988年去世，他的生活是安定而幸福的。卡佛是靠写小说改变命运的幸运作家。

我从诸多资料中知道了卡佛的经历：卡佛1938年出生于美国俄

勒冈州一个锯木工人的家庭，高中毕业后就开始到锯木厂工作。他十九岁结婚，已经怀孕的妻子玛丽安当时只有十六岁。这对年轻夫妇在不到二十岁的时候就已经有了两个孩子。他们因生活所迫不断搬家，居无定所。养家糊口的压力很大，卡佛和妻子靠一些零碎的工作挣钱。卡佛曾替药房送货、在加油站给人加油、在医院里打扫卫生、在公寓小区打杂，甚至替人摘过花。妻子玛丽安做过图书推销员、电话公司职员和餐馆侍者。卡佛喜爱文学，打工之余在大学里选修了一些写作课程，在繁重的生活压力下尝试写作，终于发表了几篇短篇小说。不幸的是，二十世纪六十年代末卡佛染上了酗酒的恶习。他在写作方面向成功迈进，他的酗酒问题却越来越严重，以至于最后整日与酒杯为伴，无法写作。家庭经济出现问题的同时，卡佛本人的健康也受到威胁，曾因酒精中毒多次住院。卡佛和妻子玛丽安之间的感情日趋破裂，二人数次分居。卡佛的人生跌入低谷。1977 年卡佛终于停止了酗酒，开始了被他称作“第二次生命”的生活。他获得了更多的经济资助，找到了更稳定的工作，他的小说开始获奖，名声越来越大。他与玛丽安正式分手，开始了和女诗人苔丝·加拉赫的共同生活，直到 1988 年去世。（参考比目鱼《雷蒙德·卡佛：刻小说的人》）

卡佛小说大部分写的是这样一些人：推销员、清洁工、侍者、送货员、剃头匠、车间工人等底层蓝领，他们是酒鬼、混蛋、失败者，写他们糟糕的生活、家庭的冲突、精神的困顿，也写他们走投无路后的努力、绝望之后的希望、以及孤寂中对关爱的渴望。卡佛小说与他的人生经历似乎可以画等号，这一切仿佛暗示我们，小说不必挖空心思去虚构了，把自己的经历写出来就可以成为一个像卡佛一样出色的小说家了。话是这样说，但卡佛之所以成为卡佛，是因为他看似沉闷、随意、简洁的叙述背后，包含了复杂而深广的生活悖论、人性冲突，这是卡佛精心“设计”和思考的结果，也是卡佛能把流水账似的人生经历变成小说的真正秘密。我们每个人都有自己的人生经历，但我们不一定有卡佛那样提炼生活、思考生活并通过小说提出人生问题的能力。

卡佛的那些小说，不是人物处在一种模糊的悬滞状态，便是故事结尾了问题仍得不到解决，比如《真跑了这么多英里吗?》。利奥的一场官司输了，他必须把自己的一辆汽车迅速出手，否则就会被法庭扣留。利奥的妻子托妮以前做过推销员，他让托妮去处理这件事儿。下午四点钟托妮打扮好后出门了。利奥在家里开始了坐立不安的等待和猜测，他的妻子如何征服别人？如何与别人周旋？他打电话给托妮，有时托妮顾不上和他多说话，有时电话不通……一个男人处于焦躁、猜忌之中。天快亮时托妮回来了，她卖掉了那辆车。在睡梦中，“他脱掉她的内裤，凑到灯下仔细查看，然后把它扔到角落里。”他躺到她的身边，手指在她的身上轻滑过……我不知道，这个平静下来的男人此刻想到了什么？是因为误会了老婆而后悔，还是因为生活在变糟而感伤呢？再比如《你们为什么不跳个舞?》，一个中年男子不知是因为破产还是因为离婚，他在他的院子里处理他的旧货：电视机、唱机、床、写字桌等。一对恋爱中的男孩女孩路过这里，他们停下来，看上去很相爱，他们挑了床、写字桌、电视机，不仅价格低廉，那个卖旧货的中年男人还请他们喝了酒，请他们在自己的院子里跳了舞。小说结尾，女孩跟人说到这些奇怪的事儿和那个奇怪的人，她觉得这里面有很多其他的东西，她想告诉所有人，但她还是放弃了。让人物悬滞和问题搁置，是卡佛小说处理的方式，这种方式勾起我们再一次思考我们面临的处境、我们所处的世界，不知不觉中卡佛征服了我们，和他站在一起，想那些糟糕的生活是怎样变成现在的模样的。

回望卡佛

卡佛小说之《把你的脚放在我鞋里试试》。

马尔斯是一个辞职回家写小说的男人。眼下他写不出故事来，经济上得依靠妻子，他有点鄙视自己。妻子保拉为安慰丈夫，拉他出去散心，马尔斯并不很愿意，还是答应了。他们去拜访前房东摩根夫妇。摩根夫妇曾给未谋面的马尔斯夫妇来过一封信，对马尔斯夫妇在他们房子里养猫和动用了不该动用的东西表达过不满，因为摩根太太对动物毛过敏。马尔斯夫妇来到摩根夫妇家，摩根夫妇仿佛忘记了以前的不满，热情接待了马尔斯夫妇。

当摩根夫妇得知马尔斯辞职在家写小说时，表现出很大兴趣，他们各自讲了一个自认为很精彩、可以写进小说的故事。摩根先生讲的是他一个朋友在大学谋了一份教职，结果与他的一个学生搞上了，朋友的风流韵事持续了几个月后，朋友跟他的家人摊牌，要跟二十多年的婚姻告别。朋友的妻子命令他从家里滚出去，就在这当儿，他儿子朝他扔了个西红柿罐头，正中前额，朋友被砸成了脑震荡，住进了医院，情况很严重。摩根先生的故事讲完了，但马尔斯无动于衷，表现很平淡。马尔斯要离开，摩根太太要马尔斯留下听她讲一个关于诚实的故事，即阿腾伯勒太太的故事。

摩根夫妇上次去德国旅行——正是因为去旅行才通过朋友将房子

租给马尔斯夫妇——到博物馆看画展，上厕所时摩根太太的钱包丢那儿了，钱包里有身份证、工资支票和一百二十元现金等。回到住处才发现钱包丢了，摩根先生打电话给博物馆负责人时，一位白发妇人乘出租车送来钱包。妇人自我介绍叫阿腾伯勒太太，在厕所拾到了这个钱包，按身份证上地址找来了。摩根太太发现支票还在，但一百二十元现金不见了，摩根太太还是很感激阿腾伯勒太太，留她用晚茶。她们谈论了很多话题，就在阿腾伯勒太太准备离开时，阿腾伯勒太太突然倒在沙发上死了。摩根先生打了电话，想知道她的地址之类的信息，便打开阿腾伯勒太太的钱包，发现了那一百二十元现金。

摩根太太讲完，马尔斯笑起来，而且咯咯咯地笑个不停。马尔斯说他是为摩根太太那句“命运让她死在我们德国的客厅的沙发上”的话控制不住自己的笑。马尔斯的笑让摩根先生很生气，他觉得如果马尔斯真是个作家是不会笑的，他应该把自己的脚放到别人的鞋里试试，设法去理解别人。马尔斯仍在笑，他的笑激怒了摩根先生，摩根先生便影射地讲起了马尔斯夫妇租住在他家的种种“罪行”：在家里养猫、打开私用壁橱、用了卫生间的东西……摩根先生讲得嘴唇发白，手发抖。他还说，你要是个真正的作家，你要把这个真实的故事变成文字。

马尔斯夫妇逃跑般的离开了摩根夫妇家，保拉说：“这些人都疯了。”

这依然是个“很卡佛”的小说：他不会明确地告诉你他写的是什么。写的是人与人之间相处的情绪的变化？写的是对诚实与理解的看法？写的是一个男人的幸灾乐祸？随你去猜吧，总之这个问题的答案交给你了。他不会塞给你一个起因、经过、高潮、结局式的故事。这个故事的结局如何？马尔斯为什么会不停地笑？他后来怎样了？写出了故事吗？很抱歉，卡佛不提供结论，照他的说法小说自己已经解决了自己的问题和矛盾，这些问题是你找的你自己解决好了。

也正因为如此，作为一个读者，我读卡佛的全部乐趣便是去猜疑，在卡佛的故事中提出自己的问题，然后寻找 N 种可能的答案。我明白那些问题没有答案，也不可能有答案，因为它不是一道七七四十九的数学题，它是生活和人生的困惑，但只要去思考了，它就会为生活和人生提供一种价值观，这便是卡佛小说的意义。如果要了解卡佛对他写作的态度，一是要记住卡佛的提醒，“我不觉得我写的人物有什么特别的。”他只是想让那些被生活淹没的人站到台前来；二是想想卡佛对他笔下的人物所持的态度。

就《把你的脚放到我鞋里试试》这篇小说来说，卡佛对马尔斯——一个像卡佛那样在卑微的生活面前写小说的男人的行为举止，是什么态度呢？是理解，是同情，还是反对？我以为，是理解，是平起平坐的理解。理解人物意味着尊重人物的优点和缺点，让人物按照自己的方式去处理人和事。马尔斯辞职回家写小说，但他的写作并不如意，他写不出他要的故事来，他甚至有些鄙视自己。当他从自己的象牙塔里回到现实中面对摩根夫妇的故事时，他表现出的不是含蓄的沉默就是嘲讽的大笑，无论怎样，里边都包含了不屑的成分。我觉得这是符合一个处于写作挣扎阶段的作家的内心真实的。即使摩根先生认为马尔斯大笑是因为他不会“扎到那个可怜的人的灵魂里去设法理解她”，怒斥马尔斯“根本不是个真正的作家”，卡佛也没有让马尔斯与摩根先生“过招”。一个鄙视自己并有想法的作家在面对功利的人事时，他是沉默或嘲笑的。卡佛理解了他笔下的人物马尔斯，他没有施以廉价的同情或者有居高临下的优越感。

由卡佛对马尔斯的态度说开去，加之前面提到的《我打电话的地方》中的“酒鬼”、《羽毛》中的弗兰夫妇、《真跑了这么多英里吗?》中的利奥等等，卡佛对他笔下的人物均是以理解为基调的，诸如戒酒中心的“酒鬼”对温情的渴望、弗兰夫妇因一次工友家的晚餐对生活的改变以及利奥对妻子的猜忌。如果卡佛不尊重他笔下人物，对他们指手画脚的话，那么对“酒鬼”的态度可能是同情的、对弗兰夫妇可能是责备的、对利奥可能是讥讽的，那么故事将会往另外的方向发展，但是，卡佛对人物的行为没有加入自己的情感判断——是好是坏，是对是错，应该怎样不该怎样，卡佛一概不发表看法，他与他们站在一起，让人物的行为去阐释他们所做的一切。

对人物的理解，是一个作家给予他所创造的人物的最大自由，也是人物具有生命力的前提。理解是卡佛对笔下人物的态度，当然这里边也包含着写作者的态度，对笔下的人物是仰视、俯视还是平视？仰视会带来廉价的同情，俯视会带来优越的道德感，只有平视才能走进人物内心，去表达某种真实和善意。正因为卡佛对他笔下人物是平视的理解，所以卡佛小说才“很卡佛”。

照“底层叙事”的标准，卡佛小说是百分百的“底层叙事”，而且卡佛自己也是百分百底层出生的作者。他说：“我就是这样的人之一，迷惑的，酩酊大醉的。我就是从这些人中来的，很多年来，我和他们并肩工作。”但从他的小说中，我并没有感到他的悲苦，也没有感到他的怨恨和自怜。这是为什么？或许，根本原因还在于作家的生活态度和写作态度。卡佛表示：“在任何情况下，我都无法设想自己以一种嘲讽贬低的姿态对待普通日常生活的题材，或所谓的‘俗事儿’。我认为在我们过的生活和我们写的生活之间，不应该有任何栅栏。”还有一个因素是，文学不仅让卡佛意识到了“生活中那些已经削弱我们并正在让我们气喘吁吁的东西”是什么，而且明白了“像一个人一样活着并非易事”，所以卡佛将这些意识通过他的小说传达给读者，就变成水到渠成的事儿了。既然悲伤、怨恨、自怜都不能解决生活的问题，何不让行动去解决呢？卡佛这样认为，他让他的人物也这样认为。

突破表达边界的写作

麦克尤恩和《最初的爱情，最后的仪式》

一些成就卓然的小说家，他们时常把死去的卡夫卡和活着的马尔克斯（马尔克斯逝世于 2014 年，编者注）挂在嘴边，表达学生辈的尊敬和赞誉。这是为啥？原因有许多，一个重要的原因是，卡夫卡和马尔克斯，这两位都是突破了小说表达边界的作家——人可以变成甲虫还像人一样生活；人可以附着在一张床单上飞上天而消失——他们的笔仿佛在那一瞬间得到了上苍的眷顾。这样的表达，对小说历史来说是惊世骇俗的一笔，具有革命性。此后，一些有野心的小说家无不期待他们手中的笔也能得到上苍如此的眷顾，然而写小说的人都知道，做到这一点很难，很难。

难在哪里呢？一是难在要解放小说在现实生活面前的自缚行为，须水到渠成，须有说服力，因为洞悉世事的想象与无根基的乱想只隔一层纸，无论变形还是魔幻，稍不慎就流入滑稽了。他们两位，如此虚构居然达到了如此惊人的真实，这一“天马行空”的外在表达与精神真实的内在处境完美结合，直接将小说推入了“现代”的洞房，“裹脚”的传统小说获得了自由空间。回过头来看，卡夫卡和马尔克斯的胆子真够大，至少比《西游记》的作者吴承恩要大，吴承恩让孙悟空有七十二变，拔根毛就可变出很多猴子，这是一个神话语境里的小说家的作为，也很过瘾，但我们不相信他是真的；但是在一个现实语境里——或者说不相信有鬼的世界里——你让人变成甲虫，你让人附着床单飞走，并且别人还不产生怀疑，还相信这一切都是真的，这只能是一个奇迹，一个小说创造的奇迹。这一奇迹来自卡夫卡和马尔克斯的表达，来自他们的生存体验以及异乎寻常的想象力和洞察力。

再是难在真正的创造，独树一帜的表达，很难。卡夫卡、马尔克斯这样写了，你不能再这样写。如果你写人变成一只狗或者人附着一片大树叶飞走了，人们就会笑话你，说你东施效颦，小说不仅不会在虚构与真实间达成默契，也会流于滑稽。这样写的小说必定是失败的。必须重新去拓展小说的疆域，去寻找前人没走过的表达道路，而且大胆的形式必须与内在的精神处境完美融合。拓展小说疆域，说起来容易，做到难，是可遇不可求的，如果一个作家真有此作为，我们便会将天才的帽子奉上。

所以想要突破小说的表达边界真是很难，在小说两三百年的历史中，我以为还有墨西哥的胡安·鲁尔福——那个写出生者与死者没有界限的小说家和来自印度的萨尔曼·拉什迪——那个写出羞耻的世界里人有好几条命的小说家，是突破了小说表达边界的作家。

或许，我们即将谈到的英国小说家麦克尤恩也应该算上一个。什么是小说的表达边界？卡夫卡说“我总是力图传达一些不可传达的东西，解释一些不可解释的事情”；马尔克斯说，我在寻找一种“既有说服力又有诗意的写作方式”。这两种说法都可以理解为小说的表达边界——内容上的边界和形式上的边界，用白一点的话说，就是写小说的人读到了与众不同的小说后发出的惊叹：“小说原来还可以这样写！”“小说原来还可以写这些！”

麦克尤恩在回顾最初的短篇小说写作时说：“我二十出头，正在寻找自己的声音。”短篇小说集《最初的爱情，最后的仪式》出版时他二十七岁，这本书是他的处女作，也是成名作。在这本书出版三十多年后，作家余华在向中国读者推荐这本书的文章《麦克尤恩后遗症》中有些动情地说：“这家伙二十多岁就找到了自己的声音，读一读《最初的爱情，最后的仪式》这本书，就可以看到一个天才是如何诞生的。”

余华将“天才”的帽子戴在了麦克尤恩头上，并有些羡慕他“二十多岁就找到了自己的声音”，这是一个小说家献给自己同行至高的誉辞和尊敬。“天才”是这个世上任何领域的稀有之物，“找到自己的声音”是一个作家毕生所孜孜以求的，麦克尤恩似乎轻而易举就拥有了“天才”的名声，并“找到自己的声音”，真是令人敬慕。那就说明：麦克尤恩的小说定有他的非同凡响之处。

在读了麦克尤恩的长篇小说《水泥花园》《阿姆斯特丹》和《在切瑟尔海滩上》——这些书翻译成中文都不长，十万字左右，这或许也是他讨人喜欢的原因——之后，我最后读到了他最先出版的书《最初的爱情，最后的仪式》。尽管那些长篇小说的题材非常吸引读者，当我读完《最初的爱情，最后的仪式》里八篇短篇小说时，我才找到了这些话题的源头，原来一切都是从这里开始的。如果说麦克尤恩一生的写作都是在建造一个球的话，那么这就是他的核，后来的那些长篇只是添砖加瓦而已，而且这几个短篇对我内心造成的冲击不亚于他的那些长篇。我的内心像经历了一次地震，而震中来自球体的核心，所以让人心有余悸久久不得平息。据说麦克尤恩有一个绰号叫“恐怖伊恩”，读过他的作品之后，我认为这一绰号真是恰如其分，他几十年的写作只是在用小说不断定义性与灵魂之间的黑暗。我也相信余华对麦克尤恩的评价是非常恳切的。

对麦克尤恩来说，《最初的爱情，最后的仪式》里边的《立体几何》是他最重要、最玄妙的文本之一，它一定程度上标志着麦克尤恩在小说表达边界上的突破，也就是说在卡夫卡的变形、马尔克斯的魔幻之后，麦克尤恩为小说历史贡献了“麦克尤恩式的玄妙”——让人物消失或者蒸发。

如很多著名的小说开篇之句就名垂千古一样，《立体几何》也是如此，作者这样惊世骇俗地开始小说的第一句：“1875 年在梅尔顿·莫布雷举办的‘异趣珍宝’拍卖会上，我的曾祖父在他的朋友 M 陪同下，拍得了尼科尔斯船长的阳具，这位船长 1873 年死于马贩巷监狱。”“我”、“我”的曾祖父、M，还有那根泡在玻璃瓶福尔马林中的阳具，主角第一时间全部登场，戏开锣上演。

这出戏很精彩：有悬念——和曾祖父有着十五年友谊的朋友 M 一夜之间莫名地一去不返，我兴趣盎然地期待能从曾祖父留下来的四十五卷日记中找到答案。

有充满欲望而令人烦躁的现实——我的被噩梦包围的老婆梅茜，有着强烈的性欲，总想着和我做爱。“我们已经两星期没有做爱了。”她希望用这种方法驱散她没完没了的噩梦。但很显然，“我”对曾祖父和 M 的下落更感兴趣。有一天梅茜或许出于嫉妒，她砸碎了那个装着船长阳具的玻璃瓶，她想夺回“我”，并阻断“我”和曾祖父的联系。

有缜密而智慧的推理——就在梅茜砸破那只玻璃瓶而使福尔马林溅到曾祖父日记上时，“我”从日记中发现了M消失的秘密。原来在一次世界数学大会上一位年轻的数学家宣讲了他在立体几何方面的重大发现，他说他发现了无表面的平面，一张白纸在他手中经过复杂的折叠后，纸消失了。这位叫亨特的数学家招致了怀疑，他不得不冒一次险邀请一位志愿者参与证明他的发现。在志愿者的帮助下完成了一系列古怪的摆弄之后，年轻的数学家亨特也消失了，没留下一点痕迹。这位志愿者叫古德曼，是M的朋友。M将这个故事讲给了“我”的曾祖父听，且为曾祖父搞来了亨特的论文。M低估了“我”的曾祖父作为业余数学家的能力，“我”的曾祖父夜以继日，终于弄懂了亨特的论文。他重建了无表面的平面，用的就是亨特的方法。一天M参与了“我”曾祖父的实验，就这样，M也像数学家亨特一样消失了。

还有魔术般的玄妙——“我”从曾祖父和M的世界里走出来，“梅茜捏了捏我的手，情欲的气氛荡漾在我俩之间，弥漫于厨房温热的浊气中。”“我们”走向了“我们”的那张大床。在那张大床上，“我”用曾祖父那类似瑜伽的姿势引导坠入欲望之中的梅茜，“我”早已深谙那立体几何的重大发现，没有表面的平面，念叨“维度是知觉的函数”，慢慢地，奇迹发生了，梅茜发出悲号：“怎么回事?”她的声音似乎十分遥远，而后她不见了，消失了，像蒸发了一般。

如同魔术一样，不，就是魔术。麦克尤恩就是那个神奇的魔术师，在这个小说中完成了他的表演，像大变活人一样，“我”变没了

“我”的妻子梅茜，“我”的曾祖父变没了他的朋友 M，数学家变没了自己。现实经验告诉我们魔术是假的，而奇怪的是，麦克尤恩的小说魔术让我们迷失在了真假的迷雾里，我们愿意相信“我”的妻子——那个被噩梦和欲望折磨的女人，是真的消失了，因为“我曾不止一次地想，如果可能的话，在那结束之际我将试着与妻子梅茜离婚”。一个被妻子折磨的男人，他用意念让妻子消失了。这样，麦克尤恩的小说魔术便有了惊人的真实力量。

除了《立体几何》之外，这本书里《夏日里的最后一天》中的那位胖胖的女老师，麦克尤恩并没有说她死去，她也是消失了，在“我”顺水飘荡的脑海中，她成为“我”的母亲；在《蝴蝶》中那个小女孩的确是死了，但“我”相信她还活着，只是睡着了而已；在《与橱中人的对话》中那个喜欢时刻躺在橱子中的人，讨厌去外面，世界在他眼中是消失或者蒸发了。

在这里，人的消失或者蒸发并不等于死了，只是不在场了，被别人从记忆里删除了，所以从眼前消失便是顺理成章的了。一个作家让他的人物死去——制造一场车祸或者让人物得一场病——是易如反掌的事儿，但是让人物消失或者蒸发，只有麦克尤恩这么做，而且做得如此理直气壮，做得如此成功。另外，麦克尤恩在青春期少年性成长方面的题材上的大胆和执着，让他成为标签分明的作家，也成为读者时刻挂念的作家。读者愿意跟他一起去冒险，去发现自己内心的龌龊、恐惧和黑暗——这或许也是麦克尤恩深刻和畅销集于一身的秘密。

无论形式还是内容，麦克尤恩的小说都做到了与众不同，成为真正的先锋。所以，我们有理由说麦克尤恩是又一位跨越了小说表达边界的作家，无疑，他将小说的难度和创造性又向前推进了一步。

一个秘密能守护多久？

拉斯普京和《活下去，并且要记住》

一

就像还有更多好小说没有与我握手一样，与俄罗斯作家拉斯普京的经典小说《活下去，并且要记住》相遇之前，我并不知道世界上有一位叫拉斯普京的作家以及他这部杰出的小说。2008 年的一天，我浏览朋友赵月斌的博客，读到了他的文章《我们何以求生，何以爱》，文章谈到了《活下去，并且要记住》，认为这是一部“悲怆的”“拷问民族灵魂、充满人道主义情怀的作品。”月斌左手小说右手评论弄得风生水起，他眼光独到不是我一个人的看法。我从网上买来这本书，一口气读完，于是在我的阅读书单中又多了一本让我深深震撼的小说。

交代这点题外话，一则说明我的阅读视野有限，孤陋寡闻；二则说明书海茫茫，信息爆炸，无法穷尽。我想说的是，一部小说被写出来，可能出于偶然也可能出于必然，但这部小说被一个人读到，更多则出于偶然，拉斯普京的《活下去，并且要记住》之于我便是如此。“朋友”“博客”“文章”是这一偶然事件之间的链条，断其一环，我都可能错过这部杰作。这部写于1974年的遥远的俄罗斯的小说，跨越时空的山高水长，在它诞生三十四年之后的2008年来到我的案头，以另一种语言被我阅读，此时，小说的作者已经是个七十一岁的老人了，而他的读者正年轻，作者和他的小说与读者我之间被一种神秘的缘分笼罩。更为奇特的是，拉斯普京用他朴素并富有同情的笔调让他的人物作出“死去还是活着”的选择时，我也站在了作者的一边。“无论生活多么沉重，都不要放弃生存的念头。”这种奇特的感受来自小说虚构的真实，它超越了国界，超越了语言，是它让拉斯普京和我在不同的时间、不同的地点共同品尝了文学的美味。

读完《活下去，并且要记住》，我让它回到书架上，它和一排排书站在一起，像一个个小巨人，整齐、笔直，它们注视我，也彼此注视。这些各种机缘巧合得来的书都曾陪我度过或冷或暖的日子，它们的作者来自不同国度，不同时代。有时候望着两面书墙，如同望着一个个人，他们的形象和语调十分真切，真担心他们会从书页中跳出来，挤到我狭窄的书房里来次滑稽的聚会。我有种感觉，这些作者老了或死了，他们的身体会变成尘埃，但总有些东西会免于湮灭，他们的生命会以另一种形式活在他们写的书中。当我们读到那些印在纸页上的文字时，他们的想法，他们的口吻，他们虚构的故事，会引起我们的兴趣，打动我们，有时候甚至会影响我们改变我们，这一切，尽管作者不在场，但借助他们的书都做到了。英国作家赛特菲尔德说：

"根据自然法则应该消逝的东西，由于纸上的墨水所创造的奇迹，都能像琥珀里的苍蝇、冻结在冰里的尸体一样，被保存下来。这是一种魔术。"与一本书相遇，与一本书交流，的确有种魔术般的奇妙感觉。至少，我读到拉斯普京的《活下去，并且要记住》是这样。

其实，1974 年发表并在 1977 年为拉斯普京赢得苏联文学最高奖苏联国家奖的《活下去，并且要记住》，在 1979 年上海译文出版社便出版了中译本，当时作为内部读物——"内部读物"早已成为一个历史词汇了——出版，正因为其神秘的"内部性"，在那个精神消费相对匮乏的时代，它的传播范围才越发广泛、传播速度才越发迅速，与一批俄罗斯小说一样，《活下去，并且要记住》成为影响我国 1950、1960 年代两代人阅读记忆的书籍之一，而对 20 世纪 70 年代后出生的我辈来说这本书是被遗漏的。当他们满脸幸福地谈到"伟大的 19 世纪以及伟大的四分之三的 20 世纪"（拉斯普京语）的俄罗斯文学时，在托尔斯泰、陀思妥耶夫斯基、肖洛霍夫、奥斯特洛夫斯基、高尔基等人之后会出现拉斯普京的名字。所以，2006 年中国"俄罗斯年"期间，拉斯普京作为俄作家代表团成员访问我国时，一位比拉斯普京小十岁的"老粉丝"这样写道："六十九岁的拉斯普京留着一撮胡子，看上去是一个倔老头儿的形象。我身边的一位中国作家悄悄说，他很像一个老渔夫。拉斯普京的小说有《活下去，并且要记住》《告别马焦拉》《最后期限》《给玛丽娅借钱》等，其中我最喜欢的是《给玛丽娅借钱》。小说中那纯朴的乡村农民如同我在农村的乡亲们。他们纯真的情感深深地打动了我。我甚至模仿这部小说也写了一部乡村题材的小说，当然，很不成功。这个俄罗斯作家协会组织的代表团共有十几个人，在整个会谈期间我的目光始终在拉斯普京身上。"

2003年，拉斯普京的小说《伊万的女儿，伊万的母亲》获得由人民文学出版社和中国外国文学学会主办的第三届21世纪年度最佳外国小说奖。拉斯普京很重视这个奖项，本欲亲临中国领奖，但因突然摔伤而未能成行。2005年，他在《伊万的女儿，伊万的母亲》中译本出版之际给中国读者写来一篇感言，他说，“如今我的新书被推荐给中国读者，我自然感到高兴。让我更加感到高兴的是，该译本乃是世界上唯一的译本；正如汇集了我近年来的短篇小说的那本书，除去几个俄罗斯版本外，只在中国得到出版。”他对日益肤浅化和欲望化的以西方为中心的世界文学和当代俄罗斯文学的现状表达了不满，“他们的作品离开床上动作就不会写别的。”但他仍然相信“恶是强大的，但爱和美更强大”。在我看来，他的相信，正是他一辈子文学写作的信仰，也是他小说自始至终的坚持，毫无疑问，我们即将谈到的这部杰出的《活下去，并且要记住》正是一朵开在“恶”之上的“爱和美”的花朵。

二

“活下去”是一个饱含力量的词汇，它的力量一是来自忍耐，二是来自承受，对遭受侮辱的生活，选择“忍”，对苦难的生活，选择“受”；对被伤害的人生，选择“忍”，对负重累累的人生，选择“受”。忍受意味着煎熬，在生与死的边缘挣扎，但忍受并非放弃抗争，也并非拒绝保持对生活和人生的激情，相反，忍受是最大的抗争，是最大的激情。

就像著名的西西弗斯那样，千百次地走下山底，千百次将那块滚下的巨石推向山顶，我们可以看到他推石过程中痛苦而扭曲的脸，而巨石在山顶短暂停留后滚下山底的瞬间，我们又看到西西弗斯坚定的神态和掩饰不住的激情，他以沉重而均匀的脚步走向那无尽的苦难，忍受就是西西弗斯对待巨石的态度。忍受又如一根韧性十足的橡皮筋，它最大限度地去捆扎现实给予我们的侮辱、苦难、伤害和负重，它总在包容，总在坚持，用自己的韧度延长生命的长度。忍受在这里又成为一种坚强的品质。如果忍受是一块岩石，那“活下去”则是从岩石缝中长出的一株小草，所以“活下去”最终成为一种态度，一种品质。

忍受是“活下去”最悲怆的手段，而对“活下去”的渴望，则是“活下去”最激动人心的手段。

所以，“活下去，并且要记住”作为这部书的书名，也充满着悲怆的力量，不仅给人启迪，也让人倍受鼓舞——冷也好热也好活着就好。当巨大灾难向我们袭来时，我们听到最多的是：“活下去!”“活下去”并非对生活和生命的最低要求，而是成为一种精神的象征。人生活在社会的丛林里，社会、别人或自己，任何一方都会让我们陷入进退两难甚至生不如死的境地，拉斯普京究竟要我们记住什么呢？记住要渴望活下去？记住要保守秘密？记住要忠诚？记住要宽容？……要得到这个问题的答案，我们又必须回过头来追问，究竟是什么让主人公连“活下去”都成为一个问题的呢？

小说或许回答了这些问题。

小说的故事在两个人之间展开。一个是逃兵安德烈，另一个是逃兵的妻子纳斯焦娜。苏联卫国战争最后一年——1945 年初冬，因为厌倦了没完没了的战争，因为眷念妻子父母以及乡村自由宁静的生活，安德烈在伤愈重返前线途中，从医院逃回家乡，在离村子不远的荒山野岭躲躲藏藏，苟且度日。为了保证安德烈的安全，维持他的生存，妻子纳斯焦娜誓守秘密，一次次越过安加拉河，频频与他相会，给他送去食物、猎枪等生活必需品，同时送去的还有心灵的安慰与身体的慰藉。安德烈藏身的山野与妻子父母的村子被一条叫安加拉的河隔开。寒冷的西伯利亚的安加拉河，汩汩流淌，从小说的第一页流到最后一页，它是小说的一双眼睛，见证了主人公的全部命运；它是小说的一个容器，盛满了所有眼里流出的泪水，汇成悲痛的安加拉河；它又是一把刀子，将原本同一种人生一分为二，彼此对立，彼此煎熬。

小说话分三头，各表一支。故事在叙述中缓慢推进，作者如一个精细的工笔画师，花大量笔墨反复来描述既独立又彼此交织的三个"世界"：一是安德烈的躲藏，一是纳斯焦娜的保密，一是两人的秘密幽会。

躲藏者的世界。安德烈必须躲藏，如果他想活在这个世界上的话，因为他是一个逃兵。在战争中一个士兵是无权支配自己的行动的，战争的规则是你可被敌人打死，但你不可自作主张用逃跑的方式来躲避敌人的子弹，如果这样的话，你将被同胞的子弹打死。每个士兵都会受到这样的"教育"，安德烈也不例外。1942 年春天他刚刚进侦察连时就目击了一次公开执行的枪决，全团在一片林中的旷地上站好了队，然后押出来两个人，一个是故意枪伤自己以逃避战斗的人，另一个完全是个毛孩子，想溜回家一趟，据说这孩子的村子离开驻地仅五十多俄里。在所有人眼里，逃兵该杀，逃兵是可耻的。这像一条普遍真理深入人心。如果你是一个逃兵，你想活命，你就得躲藏，让战争的法庭无法审判你。安德烈清楚这点，所以他与妻子纳斯焦娜第一次幽会时，说的第一句话并不是什么思念啊、想死我啊等柔情蜜意的话语，而是："别作声，你跟别人讲起过我在这儿吗？"两人的对话紧张而急促。当纳斯焦娜问他该怎样时，安德烈焦躁起来："我这就告诉你，纳斯焦娜，连一只狗都不应当知道我在这里。你要是说出去，我就打死你。打死你，我才不在乎哩……"这不是夫妻之间正常的对话，我们只能理解为这是一个逃兵下意识的内心恐惧——怕被外人发现，与亲人团聚是他当初从部队出逃的目的，而现在，亲人在眼前时，藏匿自己又成为他新的目的。

安德烈无退路可走，他现在只有一个办法活下去，就是躲藏起来。他在人迹罕至的荒山野岭里东躲西藏，必须防范遇到除妻子之外的任何人。他一面与天寒地冻、缺衣少食、狼兽横行的恶劣环境抗争，一面要忍受长夜的寂寞、内心的恐惧以及对妻子的期盼的煎熬。一只狼想侵犯安德烈，他与狼为伍，学狼嗥叫，学会了尖利、纯正的狼嗥，将狼吓走。"当他感到十分烦恼时，就打开屋门，朝着原始森林发出凄厉哀求似的狼嗥声。"无论多么艰难，时间总在流逝，纳斯焦娜再见到安德烈时，他已经变成了一个"野人"，发须长而脏乱，眼神迷茫，脾气如黑熊一样暴躁无比。对安德烈而言最大的困难不是生存的问题，而是要活下去，必须躲藏，而躲藏地"活下去"的意义又在哪里呢？别人看不到他，听不到他的声音，他是幽灵，是行尸走肉。真正折磨安德烈的是无边的恐惧与焦虑。

保密者的世界。保密者是痛苦的，因为保密者为了保守秘密必须说谎，装作若无其事地去辩解，而且还要提防不经意间的"漏嘴"和"露馅"，以及间谍一般地去摆脱别人的调查和跟踪。纳斯焦娜自从见到逃回来的丈夫后，她的人生境地可以用弘一法师最后遗墨的四个字概括：悲欣交集。这是表现内心复杂、世态炎凉、情感丰富的四个字。令纳斯焦娜欣喜的是无数次对丈夫的想念终于变成了紧紧的拥抱，悲的是，她要忍受不见天日偷偷摸摸厮守的日子和为丈夫保守秘密所带来的内心焦虑和担惊受怕。她给丈夫送去弹药、面粉、灯油，要找理由搪塞公公婆婆，要掩人耳目，在夜深人静的冰天风雪里精疲力竭地走上一整晚；别人家的丈夫从前线凯旋了，一切欢天喜地，她要在别人家的幸福里流自己悲伤的眼泪；战争结束了，是死是活，总该有个定论了，她要一遍遍跟别人解释她为何没有半点丈夫的消息，还要生活在好事者的猜疑中……纳斯焦娜的好友纳季卡——丈夫在前线牺牲给她留下了三个嗷嗷待哺的孩子——说："你不知道，我们心里的一切全都已经烧成了炭，再也不觉得痛，而烧焦的东西正在一点一点往下落……"纳斯焦娜最好的伙伴也不知道自己的秘密，但是纳季卡的言语她怎么会没有同感呢？小说写道，"纳斯焦娜心情沉重、不安，同时又空虚、落寂——就像一间给搬空了东西的房子，可以随便怎样处置它。"

作者拉斯普京在"躲藏者"和"保密者"两条分头前行的线索里，如一个制造悲情的魔术师，他的左口袋掏出的是安德烈的折磨，右口袋掏出的是纳斯焦娜的心碎。所以当我的目光跟随那些像被泪水打湿了的文字移动时，我的心情是无比压抑和无助的。两个孤独的人站到了众人的对立面，安德烈在广袤的荒山野岭一个人躲躲藏藏的画面与纳斯焦娜在众声喧哗中不能说话不能哭泣的沉默的画面，是如此相似，他们一同忍受着世间最深最远的孤独。让人敬佩的是，拉斯普京没有着意去"煽情"，他忠实了他笔下人物的行动和言语，他有时站出来富有激情的议论分明也带着他同情的泪水，从这点上来说，拉斯普京称得上是个有良知的作家。

直到“躲藏者”与“保密者”频频相会的“世界”出现时，小说才摆脱了压抑、冰冷和无助的氛围，我们紧张的阅读才松下一口气来——纳斯焦娜终于找到一个又一个看起来无懈可击的理由摆脱一切羁绊与丈夫团聚了。一切朝着光亮和温暖的方向起程，尽管天空依然阴霾笼罩，但“活下去”的曙光开始照耀两个人的世界。当两人抛弃了整个世界和世界也抛弃了他们时，两人的相互依存才显得如此重要。短暂的抱怨和争执之后，他们似乎接受了藏匿与保密的偷偷摸摸的生活，开始用对过去“美好”的回忆来温暖冰冷的现实。我只能给“美好”加上引号，因为与当下的处境相比，过去的任何平常日子都是美好的；在巨大的内心压抑面前，回忆是一剂麻药，麻痹将要崩溃的生命。只得靠不断回忆去寻找一种幸福感，找来找去，眼下的处境与过去的生活相比，就像在做一场梦一样。可以说，安德烈和纳斯焦娜是靠这种虚妄的梦在支撑彼此活下去的。他们的幽会，除了靠做梦一样的回忆来过上有限的“美好”时光外，他们依然在探讨明天的路在哪里。纳斯焦娜有些天真地想说服安德烈去自首，结束这种东躲西藏让人煎熬的日子，哪怕是接受几辈子非人的惩罚，也要活在光天化日下。安德烈似乎有些动摇，尽管他知道人们宽容他活下去的可能微乎其微。

但是，一件意外事件的发生击碎了安德烈和纳斯焦娜最后的梦：纳斯焦娜怀孕了。为安德烈生下一男半女，曾经是纳斯焦娜的愿望，她与安德烈结婚几年肚子都没有动静，为此安德烈冷淡她，婆婆骂她是“一只不会下蛋的母鸡”。纳斯焦娜也自责，用繁重的劳作来赎她对安德烈家的“罪过”，尽管怀不上孩子问题究竟出在谁身上，这一点并不清楚，但纳斯焦娜仍然认为是自己的错。如今一个新生命孕育了，纳斯焦娜却高兴不起来，她可以为安德烈保守秘密，但一天天隆起来的肚子却不会，婆婆和村民会讥笑她的不忠，会指责她水性杨花。这些流言蜚语她都能忍受，她唯一不能忍受的是别人会因此找到藏匿的安德烈。纳斯焦娜慌了手脚，她找到安德烈，小说这样写道：

“安德烈，我不知道该怎么办。”她抱愧地补充说，指望他能开导她，“不知道该怎么办。我已经慌了手脚。”

“纳斯焦娜，命中注定的事，你再逃也逃不了。”他终于开口回答。“不管你怎么违背它，它还是我行我素。”他忧郁地、深信不疑地苦笑了一下。

安德烈也为这一消息欣喜，他要纳斯焦娜生下他们的孩子，当这一决定不假思索地做出时，另一个决定也有了：他不会去自首。他倒不是怕送掉自己的命，他怕连累他的妻子父母，担心人家会整他们，而且他担心孩子一出娘胎，就要背上黑锅，一辈子也洗刷不掉，一辈子也没好日子过。无论如何，在两个人就要崩溃的生命边缘，一个无辜的孩子拯救了他们，他们决心忍耐，接受命里注定的一切，他们要活下去，坚韧地活下去。可是夏天很快就要来临了，安加拉河两岸的一切就要醒来，安德烈也要往更远的地方迁移躲藏了，纳斯焦娜要给安德烈送些补给去，并告诉他，村民已看出了些许破绽，他必须马上撤离。就在纳斯焦娜划船去给安德烈报信的时候，有人告了密，民警跟踪来了，纳斯焦娜无法等到孩子降生，她要保护安德烈，她选择跳进了冰冷的安加拉河。安加拉河一阵激浪，很快“复又平静如初，那个地方连一丝痕迹都没有留下”。

安德烈奔向原始森林里去了，在某个洞穴里，任何一条狗都无法找到他。

三

对于所谓幸福的日子和不幸的日子，作者拉斯普京在小说里发出了这样的诘问：为什么不容许人们把某一时期的幸福储存起来，以备后来在另一时期用以减轻沉重的苦难？为什么两种生活之间总是隔着万丈深渊？正当你最需要翅膀的时候，你为什么毫不犹豫地就让人家把翅膀剪掉呢？

拉斯普京的诘问蕴含着良好愿望，愿苦难可以减轻，愿不幸与幸福随行。而事实上，当不幸降临的时候，幸福会跑得不见踪影，沉重的苦难无可减轻，飞翔的翅膀就会被剪掉，这就是深不可测的不幸。安德烈是不幸的，纳斯焦娜也是不幸的，他们被命运撵到一起，如被缚在一根绳索上的两只不幸的蚂蚱，无力且无助，无法按自己的意志生活。但在不幸的日子面前，他们依然作了最后的弹跳——忍受一切，活下去。当然，面临巨大的不幸和苦难，生存还是毁灭？毁灭对自己是种解脱，对家人是种折磨，对社会是种放弃；生存对自己是种坚持，对家人是种责任，对社会是种面对。选择生存必须有忍受煎熬的勇气和力量，是比选择毁灭更加艰难的选择，在“生不如死”的现实中，生比死难，所以我欣赏安德烈和纳斯焦娜的选择，在漫长的“躲藏”和“保密”生活中他们忍受了身心的煎熬，辨明了活下去的方向。任何时代任何个人都可能遭遇不幸和苦难，对待不幸和苦难的态度和方式，彰显我们人类卓然品质的证据之一。尽管他们的选择是个人选择，但我们看到的是人类对“活着”的渴望以及“活下去”的信念和勇气。

我们可以看到，在安德烈和纳斯焦娜身上有一种不可否认的力量，那是对战争的仇恨对爱情的坚持、对生活的热爱。这种力量会促使男人去反抗生活的压力，会使女人坚强地面对苦难。正是这种力量主宰着人物。最终，我们的阅读旅程在压抑、紧张、伤感和悲痛的氛围里落实到“爱和美”的希望中，去回味那些意犹未尽的不可言状的东西。这或许就是悲剧的力量吧，它毁灭的是人生有价值的东西，同时展示的也是人生有价值的东西，如凤凰涅槃。

“生活不是衣服，无法十次八次地试穿。”既然那身不幸的“衣服”来到身边，那就穿上它吧。安德烈和纳斯焦娜达成共识，就这样保守秘密躲藏在一起，迎接小生命的到来。不管人家是否让他们活，首先他们自己要先活下去。可是不幸仍然在继续，后来，纳斯焦娜和她肚子里的小生命死了，安德烈还活着，他逃走了，打算继续活下去。小说在这里戛然而止，这是一个令人悲痛的结局，似乎也是故事人物的必然结局。

纳斯焦娜死了。但死并不是她想走的路，尽管死可以让她一了百了，忘掉一切，可是她的死并不是为了自己，她的死至少来自两方面，一是为了丈夫安德烈的“活”；二是被社会道德那块“纸枷锁”逼死。在纳斯焦娜眼里，丈夫就是丈夫，丈夫并不是逃兵，丈夫的“逃兵”身份只是让他们的生活变成了苦难，她用死来守护丈夫的秘密，并不是为了偏袒一个逃兵，而是一个妻子对丈夫应有的忠诚和爱。纳斯焦娜去给丈夫报信的途中，身后总有个阴冷的声音传来：“她逃不出我们的手掌！”在一个庞大的社会机器的压逼下，她并没有屈从，而是选择了忠于自己的内心，忠于心中对甜蜜生活的追求。

我们不禁会问，为了守护一个秘密，我们能走多远？

俄罗斯妇女纳斯焦娜无疑是一个伟大的秘密守护者，我不知道她紧闭口齿的力量来自何处，但她恪守了一个秘密守护者的铁定原则，就是不要向除自己之外的第二个人透露秘密。她不仅对外人保守了这个秘密，而且对他们最亲近最可怜的老父亲也保守了这个秘密，哪怕是她的公公早已看出了端倪，纳斯焦娜依然守口如瓶。小说是这样写的："'他在这儿，纳斯焦娜。你别否认，我知道的。你对谁也别说，就对我一个人说实话吧。说实话吧，纳斯焦娜，可怜可怜我。我到底是他的父亲啊。'纳斯焦娜被他哀求得有点犹豫了，但终于还是摇摇头，说：'你说什么呀，爹？我能告诉你什么呢？——没什么好说的。连个人影都没有，是你自己想出来的。没有。'"为了保守秘密，她忍受着为了一个亲人拒绝另一个亲人的哀求，打碎了牙往肚里吞的痛苦。我不知道我们能否做到？我们时常可以听到日常生活中甲对乙说，这个秘密我只对你一个人说了，你要发誓保守这个秘密，不要让第二个人知道啊。其实当甲扭头就走之后，天下人都知道了这个秘密。

纳斯焦娜用自己的"死"守护了丈夫的秘密，这个秘密也会同纳斯焦娜一起永沉安加拉河底，不再被人所知。守护秘密最可靠的方式，就是秘密守护者的死亡，死亡可能是自己的选择，也可能来自他杀，保守秘密者在道德面前都有一个光辉的形象，即：忠诚、毅力、献身等。纳斯焦娜越过船侧而投河的那一瞬间，震撼了每一个人，并激发我们去思考那些与忠诚、勇气、价值等有关的问题，一个人可以为一口气而活，一个人也可为一个秘密而死。

如果愿意，我们可以设想小说的另一种结局：纳斯焦娜没有投河自尽，她被民警抓住，并不堪忍受严刑拷打而屈招了丈夫的秘密。安德烈被抓，被押上战争和道德的双重法庭，被判死刑；纳斯焦娜呢？她生下了她的孩子，与年迈的公公婆婆一起，依然活在这个世上。无疑，这是真实结局的一种，但它是平庸的，丧失了悲怆和毁灭的力量。我们尊重作者拉斯普京对故事结局的安排，只有这样的结局才是伟大的结局，它让我们心生哀怜，并扪心自问：为了守护一个秘密，我们会像纳斯焦娜那样付出“死”的代价吗？我们会让这个秘密永远成为秘密吗？

四

小说《活下去，并且要记住》1974年先由《我们时代人》杂志连载，后出版单行本。据说，这个小说发表后曾在苏联文学界、评论界产生过极大反响，引起激烈争论。有一种观点认为：这部小说塑造了“一个消极的形象——逃兵形象”。

现在看来，这种观点未免有些简单，但在当时社会背景下自然有它成立的理由。也许我们现在不认同这种看法——因为所谓的“消极”已经变成了一个似是而非的词语——对安德烈的逃兵形象，在新的语境下我们或许又有了新的认识。事实上，常读常新，具有阐释的多种可能性，正是一部出色小说的品质所在。昆德拉说：“伟大的作品（而且正因其伟大）都有未完成的一面。”这也正是经典能穿越时空的有力武器。

安德烈是个逃兵。每个逃兵都有出逃的理由。在前线的三年里，安德烈被认为是最可靠的战友，参加过夜袭，抓过“舌头”，多次负伤，多次重返前线，称得上是个不错的士兵。人乃血肉之躯，有七情六欲，长时间陷入战斗旋涡的安德烈逐渐厌倦了战争，厌倦了寂寞，他思念妻子，思念父母，渴望平静。安德烈最后一次负伤后，在新西伯利亚的军医院里躺了近三个月。战争很快就要结束了，安德烈以为出院后会放他几天假回去看看。与亲人会面，已经成为他养好伤、活下来的精神支撑。但他的愿望落空了，出院的那一刻，他得到的是回部队的命令。残酷和冷漠的战争机器碾碎了他唯一的梦，他抱怨和愤恨，家就在附近，他要回家去，“自己去把被剥夺的权利夺回来。”但真正到了车站上，他犹豫了很久，每个士兵都知道逃跑的后果，但他已没有回头路了。最终，安德烈逃向原始森林，虽然没有被抓住，没有被审判，但他的生活和内心已经得到了长久的应有的惩罚。

补　记

2015 年 3 月 14 日，被誉为“文坛常青树”“俄罗斯灵魂守护者”的俄罗斯著名作家瓦连京·拉斯普京在莫斯科去世，享年七十七岁。拉斯普京是当代俄罗斯文学大师级作家，享誉世界文坛，是俄罗斯“乡村小说”的领军人物。拉斯普京 1937 年 3 月出生于伊尔库茨克州阿塔兰卡，在苏联与俄罗斯时期均影响深远，曾两度荣获苏联国家奖，其代表作有《活下去，并且要记住》《火灾》《给玛丽娅借钱》等。拉斯普京生于西伯利亚，长于西伯利亚，如他自己所言，是一位“地道的西伯利亚人”，他的作品也大多以西伯利亚的自然与人为对象，其创作为独具特色的“西伯利亚文学”注入了新鲜血液。2006年5月中国“俄罗斯年”期间，拉斯普京作为俄作家代表团成员访问了中国。他的大部分作品都被译成了中文，我们得以全面理解拉斯普京的文学世界。

尽职的快乐、悲哀与灾难

伦茨和《德语课》

一

关于德国人的笑话有很多，我摘录两条：

其一：德国一个官员在街上被人用柿子打了，于是打人者被抓了起来。按法律，用柿子打人，青柿子罚得重些，红柿子罚得轻些，因为红柿子比较软。但是调查发现，那个人不是用红柿子也不是用青柿子，而是用黄柿子打的，而德国没有一条法律规定用黄柿子打人什么处罚，最后那个人只有被释放。

其二：若是在大街上遗失一元钱，英国人决不惊慌，至多耸耸肩就很绅士地往前走去，好像什么也没发生；美国人则很可能唤来警察，报案之后留下电话，然后嚼着口香糖扬长而去；日本人一定很痛恨自己的粗心大意，回到家中反复检讨，决不让自己遗失第二次。唯独德国人与众不同，会立即在遗失地点的一百平方米之内，画上坐标和方格，一格一格地用放大镜去寻找。

这两条笑话意指德国人尽责而迂腐、尽职而刻板的行事态度，也算一语中的。

德国在我眼中，是一个遥远得有些模糊的国度——两次世界大战的发起者、疯狂的纳粹、柏林墙、欧洲最富有的国家之一、宝马奔驰汽车以及爱因斯坦、海顿、歌德……构成了这个国家的符号，也构成了我眼中的德国形象。至于它的骄傲和成就，很多文字追本溯源，认为缘自于那个叫日耳曼的民族所具有的秩序、严谨、坚韧、忠诚、担当的优秀品质。几百年上千年下来，恪守规矩、担当责任成为他们民族的“精、气、神”，代代相传。我相信一个民族一个国家骨子里的“精、气、神”是促使它不断往前走的动力。

前驻德大使梅兆荣先生就曾说，德国民族文化和民族精神中，有三个地方让人印象深刻：一是讲理性，守纪律，办事严谨认真、一丝不苟；二是文化素质普遍较高，有修养，知识面广，不怕辩论；三是崇尚自强不息，精益求精，永不满足。

我在想，德国人会不会自己讲自己的这些笑话呢？不好妄下结论。我知道有一个叫赫尔佐克的德国人几年前出版过一本流行一时的书《希特勒万岁，猪死了》，这是一本关于希特勒和纳粹时期的幽默笑话集，是德国人对希特勒的“发泄”和“报复”。其中最有名的一条是这样的：希特勒和司机开着车在农村跑，突然之间压上了一只鸡。于是希特勒对司机说：“我去跟那个农民说，就这样算了。我是元首嘛，他会理解的。”两分钟后，希特勒捂着屁股回来了——那农民用棍子打了他一下。他们继续往前开，过了一会儿又撞死了一头猪。希特勒叫道："这次你跟农民说!"司机走了，过了半小时才回来，喝得醉醺醺的，手里还拿着一篮子香肠与礼物。希特勒非常吃惊，于是问道："你跟农民说了什么?"司机回答道："我说：'嗨希特勒，这头猪死了!'他们就给了我这么多的礼物!"

德国人把笑话当武器来使，讲起笑话来一本正经，所以，如果要让向来一板一眼，缺少灵活性、幽默感的德国人用轻松的口气来讲埋汰自己的笑话，似乎很难。但是，德国人敢于承担责任，勇于反省的精神是令世人肃然起敬的。比如我读到的这本像砖头一样厚的德国人写的小说——《德语课》。

《德语课》是德国人对自己恪尽职守、理性严谨的民族禀性的一次反思和拒绝："职责，依我看，不过是盲目的狂妄自大而已。""履行职责是一种什么样的病，为了对付这种病，他将尽力而为；那些牺牲者们——职责的牺牲者们——期待着这样做。"——这是小说中那位"职责的牺牲者"画家南森的话。

履行职责不是一种品质吗?怎么成为一种病，究竟是种什么病呢?这是小说的核，也是小说对读者的吸引。

二

在易水河一个小岛上的少年教养所里，一个名叫西吉的学员德语课上没有按时完成老师布置的作文《尽职的快乐》，受到惩罚，被关禁闭来完成这篇作文。少年西吉脑中混乱如麻理不出个头绪来：他的父亲，一个小镇警察，穿着风雨衣在刮个不停的西风中躬身骑车有些吃力地行进在大坝高处，去履行他的职责——监视一个画家并禁止他作画。西吉不知道尽职的警察父亲是否快乐，他很矛盾。但是，在孤独的禁闭室里他不得不把沉睡中的往事唤醒，开始他的故事。

那是西吉十一岁的时候，一九四三年四月的一个星期五，西吉的父亲——纳粹统治时期的小镇警察耶普森接到命令：禁止表现主义画家南森绘画。“一旦发现南森有创作的念头就要加以制止，更不要说动手画画了；总之，警察局必须密切注视不再让住在布累肯瓦尔夫的这个人绘画。”尽管，小镇警察与画家是同乡，两家交好，而且画家曾救过警察的命，但对警察来说，“责任就是责任。”一年四季不论什么天气都必须来检查禁令的执行情况。

姿态强硬、反感纳粹的画家南森并不屈服于警察的职责，他说，“我就没有半途而废的打算。”警察铁面无私，像对待陌生人一样执行他的职责，警察还表示，对抗不会有什么好果子吃。事情就这么僵上了。在海滩边的“浅滩一瞥”酒家里，一堆人在一起喝酒，画家和警察见面了。警察发现画家手里有一个夹子，问里边装着什么。画家打开，是一张白纸，画家说，我画的画，画的日落。旁边的人说白纸上没画什么东西啊，像白雪一样清白啊。画家说，上面画有看不见的图画。警察神经过敏地以为画家又搞出了什么花招，他没收了画家的那张白纸，说是要拿去检查检查。这是滑稽而令人感慨的一幕。

但画家并没有停止画画，他躲到密室里偷偷画。这一秘密被少年西吉发现了。西吉有着出色的艺术敏感力，他是画家的朋友，是画家画画时唯一允许的在场者，画家甚至愿意同他讨论正在进行中的绘画。所以当警察父亲与画家的冲突不可避免时，少年西吉有一种“陌生的恐惧感”，一边是父亲，一边是朋友般的伯伯，心里天平失去了平衡。少年西吉终究站到了画家一边，他是一个纯洁的孩子，虽然他无法有一个孰是孰非的价值判断，但是他忠实于自己的直觉，他要保护这些随时可能消失的画。

柏林方面的命令更加疯狂，警察耶普森要收走画家近两年的全部作品。西吉偷偷把父亲撕碎的南森的画恢复原状，藏在一个废旧的磨坊的“密室”里。不久，警方借故抓走画家时，画家偷偷地把一幅画塞给了西吉。战争即将结束，警察在院子里烧毁各种文件材料，英军赶来，抓走了耶普森，西吉从火堆旁抢出一卷纸，就是父亲从画家南森那里没收的画稿。

战争结束了，“只有春天才给我们带来这样的日子：晴朗。”——西吉这样表达他的心情，但故事的发展却开始偏离正常轨道，走向荒诞。三个月后，警察回小镇任原职，时代早已不同，画家恢复了创作自由，但警察仍执行原来的命令，他跑到海边大坝上的小屋里烧掉画家剩余的画。西吉看到了，在那些画成为灰烬之前，西吉说，“我心中突然产生了一种仇恨，要我向他猛扑过去，用拳头狠揍他的大腿和腰部。”父子之间的冲突爆发了，西吉对警察父亲说，禁止绘画的时期已经过去了，你什么也管不着了。警察说，你听到了不少事情，但有一条你没有听到，那就是一个人必须忠诚；必须履行自己的职责，即使情况起了变化。

由此看来，警察早先的尽职已经变成了现在的心理顽疾。后来，西吉藏画的磨坊失火了，西吉眼睁睁看着画家的心血化为灰烬，他要冲进火海中，被画家制止了。西吉怀疑是父亲干的，他的内心也开始变得扭曲——以后只要看到画，西吉便觉得这些艺术品处于危险之中，需要他去救护，最后发展到病态的地步，以至于在南森的画展上“盗窃”艺术品。磨坊被焚毁后，西吉又在他家顶楼找到了一个新的隐蔽所，把偷来的画藏在那里，直到被他的警察父亲发现把他送进少年教养所。时间已经到了一九五四年的九月。西吉认为自己是在代替父亲接受惩罚，因为人们不想审判自己，就把孩子关到教养所里来。

西吉完成了他的作文《尽职的快乐》，他的作文不是几张纸，而是厚厚的几大本。教养所很满意，准备释放西吉。西吉要离开了，他有些留恋，但他也不知道留恋这里的什么。他有些迷茫，“生活在那边等着你。”但是他不知道，“他们释放我以后，我应该做什么呢？到哪儿去为自己找一个藏身之所。”……

三

小说结束了。在西吉天真而痛楚的回忆里，我受到了震撼，心有戚戚然，为警察，为画家，也为在这一事件中从少年成长为青年的西吉，尤其是西吉，他所承受的“陌生的恐惧感”不是一个小孩子应该承受的生命之痛。西吉说：“回忆对我来说，是一种心灵上的痛苦。”不过，值得欣慰的是，少年教养所中这次漫长的作文罚写，成就了一次心灵痛苦的解脱之旅、谅解他人的宽慰之旅、拯救自己的成长之旅，也让西吉真正体验到了“尽职的快乐”——履行职责完成德语课作文所带来的忘我的满足和快乐，以至于当这种尽职的满足和快乐随着几大本文稿的完成而结束时，西吉还感到了一丝空虚和茫然。

老子说：“正复为奇，善复为妖。”是说正常常会转化为奇异，善良常会转化为妖冶。或许我们可以这样理解，西吉在作文中对“尽职的快乐”的体验，实际是对警察父亲“病态地去履行自己那命中注定的职责”一次更深刻的理解和反省，因为“尽职的快乐”的反面正是

“尽职的悲哀与灾难”。对警察来说，尽职带来的是悲哀；对画家来说，因他人的尽职而遭遇了一场灾难。

所以，尽职的悲哀和灾难无不痛彻人心。画画是一个画家的第二生命，禁止绘画意味着剥夺了画家的第二生命，尽管小说力图把画家塑造成对抗纳粹禁令的战斗者形象，但当面临警察尽职的枪口，画家也不得不放弃自己的第二生命，一次次接受画作被禁止、没收和焚烧的残酷现实，其愤怒和无奈令人扼腕，小说这样描述：“他的嘴唇蠕动着，他吞咽着唾液，牙齿咬得紧紧的。愤怒，当他轻轻摇着头时，脸上充满了愤怒，失望，不相信眼前的一切。”“画家无可奈何地把两手一拍，把脑袋摇了几摇。灰色的眼睛变得更小更冷漠了。”画家被禁止用绘画表达一切观点，是因为他的画“脱离人民，有害国家”，是“蛊惑幽灵和堕落的艺术”。这与画家诺尔德被禁作画原因相同。

我们知道，小说取材于德国历史真实事件——纳粹时期，德国著名表现主义画家埃米尔·诺尔德的画作因被定义为“颓废艺术”，被当局禁止“专职或兼职从事任何艺术领域的工作”。埃米尔·诺尔德后来回忆道：“当我接到禁令时，画笔从我的手中滑落。艺术家的神经是敏感的，经不起打击的。我非常痛苦，因为我再也不能画画了。我整天被警察监视着，连早已构思好的画都无法画出来。一年又很快过去，我一点都不知道怎么过的。我半梦半醒，变得非常内向。对陌生人很警惕，和邻居说几句话，而只字不提我的命运，也从不说我被监视得多惨。我可不想为此丢掉性命。我被禁止购买绘画用具，但是，有时我偷偷地在一间小小的半遮半掩的房间里工作。我不能完全放弃，我只有抓住任何机会把一时的想法、构思偷偷地勾画在一张张小纸片上，只要我以后有机会，我就可以把这些‘没有画在纸板上的画’放大成为真正的画。”战争结束后，诺尔德又开始画画了，他说，“真幸运，我又能画画了！”

小说忠实记录了这一事件，小说中那个叫南森的画家和现实中这个叫诺尔德的画家，他们所遭受的心灵灾难如出一辙。这不得不让我们警醒，一些特殊的政权会制定自己的文化艺术准则，一些“不合时宜”的艺术家总会被定义为异端，遭受压制和打击，而这个政权倒塌之后，这些被摧残受创伤的个人心灵，又由谁来为他们抚平呢？

毫无疑问，我们会将谴责的唾液射向那位“尽职”的警察，他在纳粹时代结束之后仍一意孤行地执行本已失效的“禁令”——我们甚至可以理解在“禁令”没有失效之前那是一个小镇警察的不二选择——而此之后他还是如此顽固，如此盲目，如此冷酷无情，警察的“尽职”行为已经由公职行为变成了个人行为，个人的“尽职”只是为自己“服务”，所以“尽职”便显得荒谬起来，就如小说中少年教养所的心理学家分析的那样：“在他身上，执行任务竟变成了一种偏执狂。”最后，“尽职”的偏执狂警察将他的“尽职”转向了自己的儿子，用警务方面的措施诸如跟踪、设圈套、恐吓，来调查自己的儿子，了解到西吉“偷画”的犯罪行为后，警察将他送进少教所，选择隔离、惩戒的方式让西吉改悔。或许在画家身上制造了心灵灾难的警察在作为一个父亲的“职责”上，是可以称作尽职的。那么，是什么异化了一个警察，让他由“尽职”变成了一个“尽职狂”呢？是小说反复提到的“柏林方面”，是禁令的发出地，是那个罪恶而缺乏人性的纳粹政权。从某种程度上来说，“尽职”的耶普森警察也是一个受害者，他成为纳粹政权的牺牲品，他的一生将在悲哀中了结。

还有西吉，一个小孩子，我们故事的亲历者和讲述者，他“陌生的恐惧感”像无边的黑暗笼罩他涉世未深的灵魂和成长中的每一天，他说他带着羞耻感在黑暗中度日如年。在没有禁令之前，警察父亲在西吉眼中是多么高大完美的形象，他代表着力量、权威和榜样；画家呢？是南森伯伯，是有艺术气质和宽容的形象，西吉引以为骄傲。可是一夜之间，执行禁令与对抗禁令，父亲和伯伯瞬间成为敌对者，亲情和友情在所谓的职责面前不堪一击，一切都变得不近人情、残酷和暴力起来。随着故事的深入，年少的西吉也不可避免地卷入其中，他渴望在警察父亲与画家之间维持某种情感平衡，他一面替画家保护画，一面替父亲通风报信，可是父亲在禁令失效后仍偏执地“尽职”——烧毁没收的画作、焚毁藏画的磨坊——而刺痛了他的心，他陷入精神紧张紊乱的境地，恐惧感如毒品一样让西吉不可自拔，他只要一看到画，就以为这些画很危险，他就产生要将这些画转移到安全地带的冲动，画展上的“偷画”行为便成为必然。在心理学家以旁观者的理性地将西吉的成长故事看作精神病理学的又一例证的时候，我们却无法对弱小的西吉所承受的心灵灾难无动于衷，如作家余华所说：“在一个孩子天真的叙述里，我的阅读却在经历着惊心动魄。”

四

这部小说因一篇作文《尽职的快乐》而引发，它的主题是“尽职”，什么是职责？如何履行职责？这些问题都成为这部小说的主题。

小说以“我”的视角讲述故事，“我”的眼睛宛如一台摄像机，“我”的耳朵宛如一架探听器，“我”的身体宛如一台感应器，“我”的大脑宛如计算机的CPU，这一视角让我们相信，“我”传递出的世界是真实而细腻的，与读者没有距离感，彼此亲近。警察和画家，是“我”的世界里的主角，他们的故事与“我”紧紧相连，是“我”见、闻、感、知里的全部。小说虽然围绕两人展开，但真正让两人“狭路相逢”的场面不是很多，只有那么三四次，每次相逢，都是警察与画家关于“尽职”话题的对抗式的辩论，他们之间的辩论也基本代表了我们对这一话题的见解和思考。

我们可以从两个阶段来谈论这一话题。第一个阶段是纳粹政权存在期间。对警察耶普森来说，尽职意味着忠诚、忘我，不折不扣、毫无条件地去履行职责。我们有句老话说，吃谁的饭做谁的事。耶普森是纳粹政权的下层警察，他执行纳粹命令，是可以理解的，他的尽职理所当然。但是，执行禁止画家绘画的禁令，则是对画家人权和人性的践踏，统治者可以为自己的行为找到“理由”，但谁都知道这一理由是不人道和不公允的，所以说“尽职”在画家这里又变成某种非法了，所以我们又有个成语叫“助纣为虐”，纣是商朝暴君，意思是帮助坏人做坏事，警察耶普森的行为当然是助纣为虐，为道义所不容。我们可以看到，小说写到警察到画家家里传达禁令和执行禁令时，他们对于“尽职”的争辩就充满着火药味了。

警察收走画家近两年的全部作品，警察与画家有这样的对话，警察说，“我无非是尽我的职责而已。”“你知道，马克斯，我的职责是什么”。画家说：“我知道，我要叫你明白，你们一谈什么职责就叫我恶心。你们一谈职责，别人就得做好精神准备来对付你们。”这里，警察表现出了自己的无奈，画家也表达某种程度上的理解——“你自己不霸道，但你为他们的霸道效劳。”有个好心的独臂邮递员奥柯婉转地表达了对警察的行为担心，他说：“有几个人为你担心，因为他们认为，时代会变的。”警察的回答很平静：“尽自己职责的人，是不用担心的，即使时代起了变化也罢。”画家也曾耐心地期待说服警察，他说：“人们也得干点什么触犯职责的事。”“我理解，你不能采取中立的态度，我也不能中立。每一个人都有他自己的职责。但是，预见——我们总还能预见一件事情的结局吧。”画家的态度已经表达得很明确，纳粹终究有一天会结束它的职责的，但警察顽固的“尽职观”坚如堡垒，画家攻克不了。警察说：“在一个人尽自己的职责时……到处打听将来如何，有什么用呢？人不能凭自己的情绪去履行自己的职责，不能要求他总是小心翼翼。”看来，观念迥异，谁说服谁都变得不可能。

第二个阶段是纳粹政权灭亡之后，警察的行为变得不可理喻起来，他监视画家并禁止其作画的行为并没有随政权的灭亡而停止，甚至一个场合警察还掏出手枪来威胁画家执行他的命令——而那只手枪警察只用过两次，警察认为事情都要有始有终，一个人必须忠诚，必须履行自己的职责，即使情况起了变化。对于尽职偏执狂的警察，画家开始放弃他的“对抗”，画家表示：“一个只知道履行职责、对自己别无指望的人，会有多少可能的办法呢？”“履行职责是一种什么样的病，为了这种病，他将尽力而为。”画家与警察基于“尽职”冲突所带来的恩怨终究不了了之，画家一如既往地像对待自己的孩子一样关爱那个在此事件中受伤的西吉，他安慰西吉：“事情总会有损失的，你得习惯这一点。也许这是一件好事，人们总不能停留在原来所拥有的一切东西上，而是必须不断地重新开始。只要我们这样做，我们就还能寄希望于我们自己。”

这是一句令人宽慰的话，它出自受害者画家南森之口，它标志着被纳粹践踏的灵魂的重新修复；往大的方面说，它代表一代人甚至一个民族理性而宽容地对待罪恶、对待伤害、对待历史所秉持的优秀品格。小说也在这满含希望的重新开始中，摆脱了病态“尽职”给小说带来的狭隘、压抑的氛围，从而走向深刻，走向宽广。

五

《德语课》一书封底的推荐语引用《卫报》的评论说：“纳粹将一代人的心灵毁得支离破碎，伦茨和一批有良知的作家开始一点一点捡拾。”

我以为，伦茨作为一个作家的良知和对“一代人”心灵碎片的“捡拾”，在《德语课》中得到了某种体现，一方面是寄希望于自己，重新开始，就像画家南森对西吉所说的那样：“事情总会有损失的，你得习惯这一点。也许这是一件好事，人们总不能停留在原来所拥有的一切东西上，而是必须不断地重新开始。”

另一方面——也是重要的方面——是对责任感的反思，对历史的反思。对于画家南森遭受的灾难以及警察耶普森尽职的悲哀，人们会将这一切归咎于纳粹，人们会说一个小镇警察只是不能不尽自己的职责罢了，但伦茨不这么认为，伦茨觉得真正的根源是德国人放弃了独立思考，只知道盲目服从。

伦茨在画家南森身上寄托了他的反思，南森多次谈到“职责”“责任”，认为职责“不过是盲目的狂妄自大”“人们也得干点触犯职责的事”“应该可以预计到未来的变化。”尽职和责任感是德国人的民族禀性，“是从母亲那里学来的。”但在纳粹时期，统治者利用、异化了德国人的尽职观和责任感，使之成为其施行恐怖政策的帮手。刚开始纳粹分子并不多，受希特勒所谓的“德意志的民族责任”蛊惑，责任感让整个民族疯狂起来，不思考自己的行为，麻木地执行一切命令，最终，放弃了独立思考而盲从的尽职者，沦为罪恶的帮凶，直至沦为罪恶本身。当然，二战结束后，德国总理在波兰犹太人墓前那一跪，出于责任感的同时，也出于一个民族理性而真诚的反思。

“你自己不霸道，但是你为他们的霸道效劳。”——这也是一种霸道。每个霸道者都应该为自己的盲目尽职而忏悔。虽然伦茨并没有在小说中让耶普森警察走进法庭接受审判，但也没有放弃让他走上灵魂的忏悔台，只不过，伦茨的手法没有别人的那般辛辣和“暴力”，伦茨是宽容的，是看到未来的，他让警察的儿子西吉在少教所的惩戒中为父亲“谢罪”。少教所所长陪心理学家来所里考察，有人问西吉你为什么会来到这个海岛？西吉回答：“因为谁也不敢让鲁格布尔警察哨长去反省，对他进行治疗……而我到这儿来，就是因为他已经到了一定的年龄，而作为老家伙，是没有必要去改变自己的。是的，要是您问我，我就说，我是代替他到这儿来的。这也许能够成功，也许有一天，他能吸收我在这里获得的进步。这一切是可以希望的，也能够希望的。”我赞赏伦茨的态度，任何一次充满暴力的灵魂审判都将构成一次新的罪恶，宽容但不宽恕，看到未来但不拘泥于过去。这或许是真正的所谓的良知吧。

伦茨今天还活在这个世上。他 1926 年 3 月 17 日出生于东普士马祖里地区的吕克。他曾加入希特勒的青年团，战争结束前夕被征入伍，在纳粹军队崩溃时逃往丹麦。战后在汉堡攻读英国文学、德国文学和哲学。1950 年任《世界报》副刊编辑。1951 年起成为职业作家。

定居汉堡。除《德语课》以外，他还有《面包与运动》《灯塔船》等脍炙人口之作。

算起来，伦茨今年有八十四岁了，媒体上偶尔有他的消息，他满头银丝，很潇洒，很有风度，样子严谨得很“德国”。人们提到他就会提到这部著名的《德语课》，读者读到《德语课》，也自然会想到和我们一样还活着的伦茨，心想说不定哪天还能见到他呢——莫言就说过：“格拉斯和伦茨，他们对我的吸引力比德国这个国家对我的吸引力还要巨大，如果能见到他们，我想这会成为我的隆重的节日。”我想，一个伟大作家活着的意义，是他能见到他的读者，他的读者也能见到他，见到是一种交流，是另一种阅读。

伦茨与伯尔、格拉斯齐名，可以称为德国文坛的“三驾马车”，那两驾马车已经驶进了瑞典斯德哥尔摩的荣誉大厅，而伦茨这驾马车驶进了万千读者尤其是小读者的内心世界。我很喜欢他对自己故乡的一段介绍，他写道，“我的故乡可以说是在历史的背面，它没有产生过著名的物理学家，也没有产生旱冰运动冠军或者总统。相反，在那里能找到的是人类社会不显眼的金子：伐木工、农民、渔民、领实物津贴的工人、小手工业工人和扎扫帚的人。他们与世无争，不急不躁，相安无事地过他们的日子……”我想说的是，从您——伦茨先生开始，您的故乡已经产生了伟大的作家。

有人把伦茨誉为德意志民族的“心灵守护者”，那么，他的《德语课》便成为有关心灵守护的教科书了。只是这书中，压根儿就没有本文开头提到的那些轻佻的或者幽默的笑话，有的只是如小说中西吉那小大人似的严肃：开始吧！就这样开始吧。那是在一九四三年四月的一个星期五……

一段行走于刀刃之上的婚姻旅程

耶茨和《革命之路》

危险之旅

理查德·耶茨跻身于二十世纪六七十年代的美国文坛，以一个真正作家常有的命运：孤寂、贫困、疾病和不倦的写作中走完自己的一生。为他带来名声的处女作——长篇小说《革命之路》，有一个“很革命”的书名，但写的并不是我们想象中的政治、社会革命之类，写的是住在郊外革命路上的革命山庄里的一对中年夫妇的婚姻故事，当然，如果我们认为这个故事里包含了“革婚姻之命”的象征意味，那也未尝不可。

行走于刀刃之上——读罢《革命之路》，这是最先蹦出我脑海的意象。我曾在福建闽西客家山中看过“上刀山”的民俗表演，锋利尖锐的柴刀插入一根大碗粗的木头两侧，形成一架刀梯，表演者脚踩、手攀刀梯往上爬，看得人手心冒汗，生怕他的脚和手划出血来。行走于刀刃之上，如履薄冰，对表演者来说危险重重，对观者来说惊心动魄。

同理，小说《革命之路》中那对中产阶级夫妇，弗兰克和爱波，厌倦了日复一日琐碎庸常、无望空虚的生活，不堪忍受年复一年做着“像狗似的工作”，他们开始思索一个问题：我们到底真正想要什么？对婚姻生活来说这是一个致命的问题，这就是那架刀梯，当这个问题被不断追问时，弗兰克和爱波就已经踏上了这架刀梯，他们将自己的生活和婚姻置于刀刃之上的同时，将危险留给了自己，将恐惧留给了读者。

我们到底想要什么？其实找到这个问题的答案并不难，但是我们很难像弗兰克夫妇那样去追问这个问题。很简单，弗兰克和爱波他们想要的是去过自己的生活，“去找你自己。”“去看书，去学习，去散步，去思考。”现实一点的说法是抛弃这里的一切——革命山庄的房子以及房子里死气沉沉的生活和城里“狗似的工作”，迁往巴黎，去那个听起来和看起来都有激情和梦想的地方。

很多人说：“婚姻是爱情的坟墓。”这坟墓里埋葬的恰恰就是激情和梦想。如今，弗兰克和爱波要把爱情的衣衫重新从爱情的坟墓里挖掘出来，穿在婚姻的身上。哪里知道那身华服，不是已经不合身便是已经腐朽了。庸常和无望，激情和梦想，在婚姻生活里是一对敌人，有势不两立水火难容之势。“恺撒的归恺撒，上帝的归上帝。”所以说当弗兰克和爱波想要去过自己想要的生活，想要去寻找激情和梦想时，这对敌人的战争便开始了，当事者的危险和读者的恐惧也便开始了。

弗兰克和爱波终究没逃出悲剧的命运：正当他们想明白自己想要的东西并朝着“激情和梦想”的计划奔跑时，爱波怀孕了，弗兰克拥有了升职机会，由此，他们的计划搁浅。爱波想打掉孩子继续巴黎之行，而弗兰克想留下孩子并珍惜这次难得的升职机会，暂时放弃巴黎之行。是该去过自己想要的“激情和梦想”的生活还是继续维持现状过“庸常和无望”的生活，两人已经无法达成一致了。弗兰克和爱波两颗心越走越远，最终爱波自己在家堕胎时大出血抢救无效死亡，承受打击的弗兰克成了“一个走着，说着，笑着的，没有生命的男人”了。两个生命都没有了，该选择什么样的生活已经成了一个可笑的问题，不过这“笑”字前应加上一个“冷”字。

这段行走于刀刃之上的暗淡而令人唏嘘的婚姻旅程结束了。

有人看过这部小说改编的同名电影后，在网上这样留言：“以后，我会不会也一样，变成一个如此让人不知所措的女人。我又将拥有一种怎样的生活，怎样面对无望空虚的生活。我又将以怎样的方式去沟通，怎样去倾听，怎样去倾诉。我又将怎样面对那些不可避免的日复一日与琐碎。”还有人这样质问：“人活着究竟什么更重要一些？是稳定幸福的平淡生活？还是动荡激情的不断冒险？”所以，从小说回到现实，如果我们也成为行走于刀刃之上的弗兰克和爱波，那我们也一定不知如何去面对，我们将被恐惧包围。现在《革命之路》将这个我们没有想起或者不愿想起的问题摆在了我们婚姻生活的桌面上，再次面对我们的另一半时，彼此的双手是会放开，还是会牵得更紧呢？

那个像刀刃一样锋利的问题——我们到底想要什么？——那个暗藏了对婚姻生活不满和质疑的问题，是如此危险和让人恐惧，我们是否还应该追问下去并去寻找最佳答案呢？

这个问题，耶茨和他的小说也无能为力，无法给出结论，像皮球一样，重又踢回给了读到这部小说的每一个人。当然，作者和小说如此有力地提出这个问题，就已经成功了，只不过让人脊背发冷、如鲠在喉罢了。

欧洲梦

暴风雨冲刷过后的革命山庄显得平静、干净，爱波死了，弗兰克和两个孩子搬去了城里，他们在革命路上那套白房子又有一对夫妇搬进来——是那个口是心非、不那么讨人喜爱的房产经纪人吉文斯太太为房子找来的新主人，她很满意新主人，认为布雷斯夫妇“跟我们是同类的人”，不像弗兰克夫妇“太难以捉摸了”。革命山庄的生活依然在继续。如果，我是说如果，革命路上的新主人哪天也像弗兰克夫妇一样开始厌倦所谓无望空虚的生活，也像弗兰克夫妇一样开始追问“我们到底想要什么”，那么，谁说故事不会重演呢？

那我们就从小说第一页开始，去重温这个故事，探寻人物内心变化的轨迹——婚姻是如何走上一条不归路的？——这对我们将是另一种吸引，所有的婚姻故事，无论结局多么悲戚，它们都是从美好的那一刻开始的。

弗兰克和爱波也是如此。二十岁的弗兰克从欧洲战场归来，头顶“退伍老兵”的光环，身上散发着放荡不羁的艺术气质，个性中透着玩世不恭的风趣，在女孩子中很有市场。一次派对上弗兰克认识了“秀发光亮，双腿修长”的爱波，爱波是艺校毕业生，对生活有自己的看法和浪漫设想。他们之间的交谈总让爱波笑个不停。一周后，在弗兰克与人合租的公寓里，“她美妙的裸体躺在他身边。”爱波喃喃地对弗兰克说：“你是我见过的最有意思的人。”

这是两个年轻人共同生活的美好开始，但不是小说的开始，耶茨让小说开始于一次糟糕的社区话剧表演。此时的弗兰克和爱波早已告别了如胶似漆的二人世界，迈入中年行列，生活的景况跟多数人一样：因为所谓的家庭责任，男主人在城里有了一份收入可观但呆板的工作；有了一男一女两个孩子，家看上去更像个家；因为证明自己有能力改变一切，他们从城里的高档公寓搬到了郊区的别墅。弗兰克对这些变化有一个感慨，生活是由一连串的不想要做的事情组成的。尽管有这样的感慨，他依然遵循着生活对自己的改造，那个曾想入非非的年轻人已经变成生活中一颗老实的螺丝钉了。

为了抵抗平庸，排遣寂寞的郊区生活，革命山庄人成立剧社，排演严肃剧目，以这样“高雅”的方式让自己看上去与众不同。爱波艺校毕业，担当戏的主角。漫长而用心地排练之后，正式演出时戏还是演砸了，演砸的原因主要是因为业余，业余意味着演砸的机会太少。革命山庄的观众能理解和原谅他们，因为大家知道做这件事比做成这件事的意义大。可爱波却不这么看，这让她很不爽，仿佛这件事是赋予她生活有价值的方式，与那些进来“玩玩儿”的演员不一样，她很在乎。

就在当天晚上，戏落幕后，怀揣好心情来捧场的弗兰克与心情不那么好的爱波狠狠地吵了一架，吵架的“点火索”称得上鸡毛蒜皮：演出结束，弗兰克答应他们的好友坎贝尔夫妇一起出去喝一杯，但爱波心情不佳不出去，扫了弗兰克的面子。弗兰克也有些不爽，但还是忍了，他觉得妻子心情不好还是应安慰安慰。于是他一会儿开玩笑说戏不错，一会儿打趣说失败怪导演，弗兰克察言观色地滔滔不绝，以为这样可以开导妻子忘记晚上的不愉快，可是爱波似乎只想安静，并不领丈夫的情，就这样，在回革命山庄的车上，弗兰克的“火山”爆发了——“你他妈的怎么了!”“你太可恨了!”“你很病态。”……爱波的“火山”也爆发了——“你快把我逼疯了!”“你很恶心。”……

相互指责羞辱，甚至挥舞起拳头来，然后是长长的冷战。平静之后，当夫妻双方坐下来都想不起架是因何而吵起来时，中年危机便来到了。这是婚姻法则之一。危机之后，摆在婚姻面前的有两条路可走，一条是架都懒得吵了，劳心累人，婚姻变成“行尸走肉”，哪一天就分道扬镳了；另一条是交心谈心，回头是岸，寻找内心的契合点，让婚姻变成再生资源。弗兰克夫妇选择了后者。在选择后者之前，他们经历了冷战——分居、互不讲话，虽只有几天，但“沉默像是已经延续了一年”，而且不想回家的弗兰克还和办公室里的莫莉偷欢了一把。不过一个离婚女子与一个陷入婚姻危机的有妇之夫的激情故事并没有演绎下去，只不过是彼此临时性的需要而已——一个怕麻烦的女人对性的需要，一个胆小的男人对温情的需要。

这天是弗兰克的生日，弗兰克更愿意从莫莉那里得到身体上的“祝福”，弗兰克从莫莉那里回到家，他的妻子爱波很体贴，说有重要的话对他说，这让弗兰克惊了一下。“今天我想了你一整天，我为发生的一切感到非常抱歉而且我很爱你。”进到家，生日蛋糕上的蜡烛泛着光，孩子们围在一起，齐声祝他生日快乐。这一瞬间一切坚硬对抗都被情感融化了。夫妻之间，丈夫说对不起很容易，但效果不太好；妻子说对不起很难，但效果好，因前者说对不起的次数多于后者。这是婚姻法则之二。当晚，爱波向弗兰克宣布他们甜蜜的计划：

今年秋天全家移居欧洲，在那边开始新生活。弗兰克问妻子，我可以在那边找个什么工作呢？爱波说，你可以在世界上任何一个地方找到工作，不过这一点不那么重要了。重要的是，你根本不需要找工作，因为我会去。这的确是一个甜蜜的计划，对这对夫妻——一个爱好文艺的女人和一个年轻时想扒车周游各地的男人来说，是走出婚姻危机和找到生活价值的绝妙途径。接下来的一段时间弗兰克“充满了幸福的癫狂”，他沉迷于这一计划的美妙感觉中，仿佛忘记了现实。

理查德·耶茨为我们造了一个“欧洲梦”，这个“欧洲梦”有点类似我们的“桃花源”，一个想象中美好、自由的世界，它的功能主要有两个，一个是逃离现实，一个是寄托梦想。弗兰克和爱波的“欧洲梦”是他们认为能医治“中年危机症”和“价值空虚症”的药方，这一药方是否对症有效我们姑且不论，它至少为我们那些三天一小吵五天一大吵的夫妻提供了一个思考的方向：我们为什么吵？分歧在哪里？我们想要什么样的生活？我们也像弗兰克夫妇那样去筑一个梦吧，说不定会有所改观呢。

当然梦毕竟是梦，当弗兰克夫妇谨慎地把这一计划告诉他们周围不多的朋友时，他们的反应不约而同地相似，先是面部表情抽搐般地惊愕，再是带着苦笑怀疑，最后是私底下的反对：“他们这种做法太荒谬了！”“爱波出去挣钱养家。这算什么事儿啊？”只有一个人是认同他们的计划的，这个人是房产经纪人吉文斯太太的儿子约翰，一个“疑似”精神病人。为了尽快康复他随父母去拜访陌生人——弗兰克夫妇，他的母亲吉文斯太太是个口是心非的人，表面夸张地欣赏弗兰克夫妇的想法，背后则认为“这事实在太奇怪了”。这一底牌还是精神病人约翰揭出来的，这让吉文斯太太尴尬难堪，而约翰倒成了弗兰克夫妇的“知音”。他和弗兰克在花园里探讨“生活的无望的空虚”，他说，“而我想如果你真的看到了这种无望，那么你就再没有别的选择，只能尽快逃离，如果可以的话。”不知道耶茨让一个精神病人在这一复杂问题上保持清醒，是有意设计还是事实本就如此，想来让人悲哀。

人到中年，人生的故事已不像年轻时那般单纯、简单，而是沉渣泛起，一切都到了人生最艰难的时刻，所有的问题都向自己逼迫过来索要答案。我以为同一屋檐下的两人的世界是世间最复杂最多变的世界，那么筑一个梦就可将逼仄的中年危机之船从汹涌澎湃的海洋引入到宽广平坦的大河之中吗？我很怀疑。我们筑一个梦，换一个地方，改变的只是空间，没有改变也无法改变的是空间里的人，中年危机面临的最大问题是人的危机。当然，筑一个梦，换一个地方，只是破解危机的一个开始，一个尝试。

找一个理由

欧洲在那里，巴黎在那里，但“欧洲梦”只是一个梦，梦想中的天堂之地也无法拯救那伤痕累累的婚姻。理查德·耶茨很聪明，他洞悉这一切，所以他不会让这对夫妇踏上欧洲的土地，在巴黎的咖啡馆里流连。因为让他们去欧洲这个梦会破灭，不去欧洲这个梦也会破灭，理查德·耶茨说：“20 世纪 50 年代，人们对循规蹈矩有着普遍的渴望——一种盲目、不惜代价的对安全安慰的依恋——这不只是发生在郊区而已。然而，许多美国人对这一切感到不安，认为这是对美好和勇气的革命精神的毫无疑义的背叛。”

耶茨的想法很明确，他不喜欢人们循规蹈矩的安稳，他想唤醒那些在工业化进程当中迷失了自我、被生存奴化了的自以为是的人们和家庭。但是，究竟是向空虚无望的现实妥协以求安稳，还是鼓起勇气放弃现实去追逐有激情且满足自我的不断冒险？理查德·耶茨让他的主人公弗兰克和爱波，在这个问题上艰难纠缠，各自都想找一个理由说服对方，但双方都无功而返。耶茨虽然站在爱波一方，借爱波之口表明他的想法，但结局是，耶茨的想法也落了空——他们没有去成欧洲，为此爱波丢了生命，弗兰克变成行尸走肉。

弗兰克本是一个有着艺术气质、重视自己精神建设的男人，他厌倦了那无望的生活和“狗似的”工作，他也为欧洲计划激动不已。但他又是现实的，物质的，人其实永远在内心的诉求和物质的安稳间拉锯游走的，谁占了上风，谁就主宰人生的走向。显然在这场较量中，追求物质生活的安稳主宰了弗兰克，所以当他得来一个升职的机会时便放弃“欧洲梦”，放弃内心的诉求。他企图说服爱波留下来，他的理由是：留下来两三年，挣更多的钱，过上更舒适的日子；如果无法忍受郊区的生活，他们可以搬回城里去，住到高档的社区——“是轻快的、振奋人心的、充满活力的新纽约。一个要有足够的钱才能发现的美好纽约。”

在弗兰克心里，“一个要有足够的钱才能发现的美好纽约”已经代替了“自由自在的可以寻找到自己的欧洲”，但是在有主见的爱波那里，她一刻也不愿意等，她要脱身去接受一份全职工作，自己决定自己的生活。她的决定也异常坚决：“我们已经没有办法了。”“你以为你可以阻止我吗？”接下来，弗兰克还没放弃说服爱波，他使出了所谓的撒手锏，他想让爱波明白她的固执是因为她心智上出现了问题，说她需要看心理医生。毫无疑问，这一说法彻底让爱波绝望，她面容枯槁，心如死灰。谁的心智有毛病？谁应该看心理医生？是非观点已经变得颠倒和模糊。故事到这里，也显示了作者理查德·耶茨的悲观，他的想法也不能改变什么。

留下来，还是离开？已经变成了一个需要作出抉择的非常具体的问题，它变成了夫妻之间的某种博弈和交换，也变成了夫妻之间分道扬镳的直接理由，变成了故事以悲剧落幕的直接理由。我们不得不问，我们需要将这种问题置于放大镜下吗？爱波为此交出了生命，弗兰克为此交出了灵魂，而革命山庄又源源不断地搬进了新的住户，生活依然在继续。

小说合上了，目光从书本中走出来，停在我们的另一半身上，如果他（她）有兴趣，不妨将这本小说推荐给对方，建议他（她）读读。这是一本夫妻双方可以共同阅读并可不时拿出来温习的小说，与其说阅读和温习的是小说，不如说是对婚姻生活的阅读和温习。婚姻是一桩需要经营的生意，除了付出爱和时间以外，还需要掌握技巧，总结规律，需要诚信为本，周到服务，这样收益的幸福指数就会高，店门才不会关闭，两人的婚姻生意才会红火。

回过头来为弗兰克和爱波的婚姻悲剧把把脉，一个叫小布的网友为他们指明了一条光明的路：一、别去巴黎，来中国待上一年，或者对自己狠一点，去阿富汗或者伊拉克，再回他们的大白房子；二、弗兰克换个工作，销售是一份多不靠谱的职业，压力大，安全感低，容易家庭崩溃。网友芹菜更多的像是对爱波说的，他指出：一、别拿梦想当逃避现实的幌子；二、不要期望改变别人来适应自己；三、女人还是要经济独立；四、趁年轻尝试不同的生活方式吧，三十岁以后再想改变或许真的很难；五、不要对你的亲人或爱人说出绝情的话来，说出去的话，泼出去的水，伤害打在心上；七、寻求真实更多时候只会苍白无力……

这些无疑都是婚姻生活的金科玉律，那么，我们是该像爱波那样去追问我们到底要什么、去寻求找到自我的生活，还是做弗兰克那样把物质放在首要位置的人呢？

勇气是拯救绝望的一根绳索

杜甘和《军官病房》

阅读的意外收获

读法国当代作家马尔克·杜甘的《军官病房》时，阅读速度慢得让自己吃惊，通常半天就能解决的十万字在这里却花去了四个半天，况且这部小说还不足十万字呢，慢得似乎想把一本书读出两本来。

是不是遇上了好东西？好东西是用来享受的，需要慢慢品尝，舍不得快起来，怕像猪八戒吃人参果——囫囵下肚不知其味。这是我的经验。

小时候家里经济不宽裕，我下面还有两个正在"抽条"的弟弟，又赶上有钱也买不上东西的年代，吃肉成为我们这些孩子东游西逛惹是生非之后的美妙念想。总盼望家里来客，如此一来我们兄弟仨才能吃到一些肉的边角料。我们知道，碗端到手，做的第一件事就是将浮在饭面上的肉埋入碗底，不然饭面上的肉就会“遭劫”，此时做大哥的威信和尊严是比不上几片香美的肉片的。赶紧三两口将饭消灭后，再把碗底的肉迅速拨进嘴里，然后带些炫耀的神情，慢慢嚼，一口肉嚼出几口味来。

博尔赫斯说，书籍是记忆和想象的延伸。读小说读出童年鲜美的肉味来，这是《军官病房》给我带来的意外享受。

《军官病房》是一部故事简单，叙述丰富的小说。简单，是因为小说叙事线索单一、刻画人物不多，像一根丝瓜藤上吊着几根丝瓜那样简单；丰富，是因为作者在小说里探讨了人类的一种复杂的情感——绝望与勇气，如作者杜甘所说，这是一部关于被历史遗忘的人的勇气的小说。

由简单到丰富，就像一个人从一条狭窄的小道出发，坚定不停地走下去，有一天他终于走到了宽广的天边，在天边他得到了上帝的召见，那一刻，小道上的压抑和阴霾一扫而光，生活突然变得像阳光一般灿烂，青草一般葱郁，他像重获新生一样一个人经历了两个人的生命。

这个人就是年轻的中尉阿德里安——小说中的主人公。虽然他明确表示不信仰上帝，但他认为人都有一颗吉祥的星，他信任他的星宿。他的星宿是他活了九十八岁的外祖父。有这样一位长寿的祖先在天保佑，阿德里安不相信他会死于战争。战争爆发的边缘时刻，阿德里安接受了一项任务，负责勘察在默兹河上建造活动桥的有利位置。在默兹河岸的一棵桦树边，他仍然没有忘记对自己说：“有些人比别人死得早，而我相信思考死亡的人在远离它。”

思考在继续，可思考的力量没能改变这样一个事实，德国人的炮弹以四分之一秒的速度呼啸而至，在阿德里安近旁发出一声巨响。不过，他对死亡的思考似乎还是显示出力量，死亡最终远离了阿德里安，但是人生中有不少事情比死亡更难以忍受，比如肉体的疼痛和精神的绝望。其实在以后相当长的一段人生中，阿德里安过着生不如死的生活。

绝望是什么？

那颗炮弹的弹片使阿德里安的下巴顶部至鼻子中部完全张开，上颌和颚全部损毁，消除了嘴巴与窦道之间的空间，空洞得像一条无尽的走廊，舌头在嘴里活动，遇不到任何障碍。这种损伤意味着，阿德里安暂时无法张嘴说话，他得借助粉笔和黑板与人交流。当一个哑巴似乎还活得下去，令人无法忍受的是，他无法正常进食，只能吃流食，一根皮管插入鼻子，流食通过窦道进入他的身体。每次进食，他不能用鼻子吸气，只能用嘴巴呼吸，因为此刻鼻子必须顶替嘴巴的吃饭功能。被噎住——是阿德里安最初尝试这种进食方法时常发生的事——有时候他忘记了护士的叮嘱，稍不留意用鼻子吸气，食物进入气管，咳嗽、呕吐甚至窒息便没完没了，如此受折磨，吃饭对阿德里安来说如同下地狱。

这个万分痛苦的过程，没有亲身经历的正常人恐怕难以体味。不过我们或多或少有过水或者食物误入气管的经历，那种上气不接下气而憋闷的难受劲儿足以警示我们，下次再不敢马虎大意。阿德里只有适应用鼻子进食的现实，就像一个胆小孩子，他明白黑暗会让他产生恐惧感，而他没办法躲避黑暗。我们知道大多数病人的痛苦，不是来自疾病本身，而是来自对疾病的恐惧。

因伤情严重，阿德里安被送到后方医院——巴黎荣誉军人医院一间宽敞的军官病房里。积极的治疗虽然使阿德里安脱离了生命危险，情况甚至在向好的方向发展，可是无法抑制的伤痛依然和漫长的时间一起折磨他。医生说他在医院度过的时间是个未知数。随着医院里伤员越来越多，战争的消息也越来越多，一些关于战斗、肉搏和猛攻的回忆总在纠缠着他，他越发变得焦躁不安起来。痛苦上叠加了新的痛苦，痛定思痛，他有些伤感地说，“连敌人都没见过就被击倒了，永远无法对我的孩子们讲一个德国人像什么样子。”从某种程度上说这种挫败感是阿德里安无法摆脱痛苦的根源，连他自己都觉得“这种未经战斗的失败，这种既非我造成、我又未捍卫的命运的荒诞性”是比脸上的伤口更大的痛苦。

一个士兵，不是战死沙场，便是回到故乡。我不知道阿德里安是否知道这句话，但我能理解一个军人的痛苦。他没有战死沙场，不可能有一块英雄牌匾挂到家族的门楣上；他也没有回到故乡，自然享受不到香槟、鲜花和村庄的宁静。他只是躺在医院躺在痛苦的深渊里，等待生活对他进行另一场宣判。

卡夫卡说过，假如你走过一片平原，假如你有良好的走的意愿，可是你却在往回走，那么这是件令人绝望的事情。阿德里安的内心或许开始种植绝望的种子了，此时他更希望自己是一只动物，因为“动物与人的区别在于，动物根本不管未来”。对阿德里安来说，既觉得一种生活不可忍受，又觉得另一种生活不可企及，我不敢想象，他将如何走下去。

严肃的小说家马尔克·杜甘没有讨巧地让他笔下的人物迅速从绝望的境遇中抽身而出，而是以堂吉诃德正面强攻风车的姿态，让人物继续面对他绝望的灵魂，这是一个严肃小说家的选择，他有责任让小说提供只有小说才能够提供的力量，去展现人物内心的丰富性。这种个体性的生命体验往往道出的是人世间的普遍真理。

关于人物坠入无边的绝望，小说家这样写道：

“夜幕降临，天花板很高的病房像往常一样静悄悄的。我害怕这些骚动的夜晚，这些让人喘不过气来的噩梦不时使我惊醒，接着又从中断的地方重新开始，然后在不自觉地抓住生命不放的同伴们嘶哑的呻吟中，我又迷迷糊糊地重新入睡。

“醒来的时刻更加可怕，因为它们撕破了想象的面纱。”

如此细腻地写出了中尉阿德里安痛苦绝望的精神现实的马尔克·杜甘，多么像一个不负责任的外科医生，他打开病人的脏器后，并不急于手术，而是坐在一旁抽完了一支烟，再不慌不忙地开始工作。在这里，马尔克·杜甘对“绝望状态”的描述可以说到达了一种深度，那就是由个体性的体验上升到了普遍性的“类”的层面，成为我们人类精神现实的经验的一种，在每一个人隐秘的内心深处，都体验过绝望的感受，但像阿德里安如此绝望的状态，我们只能在小说中感受。一部小说如果具有了穿越个体经验而抵达人类经验的能力，那么我们说它是出色的。因为小说的叙述没有被故事禁锢，而是通过故事与叙述的其他元素一起构成了可供读解的意义空间，这个意义空间对每个人都具有无限的吸引力，是每个人都渴望体验、了解和征服的未知领域。

勇气，拯救绝望的一根绳索

对绝望的描述，不是为了展示，而是为了拯救。在小说的下半部分，马尔克·杜甘让我们看到了希望。

我们知道，在绝望的状态中，人很容易失去耐心——活着的耐心。一天深夜，阿德里安走向他的军用品柜子，因管理上的疏忽，他的手枪还在里头，他拿出手枪，从腰带里取出三颗子弹，三颗子弹意味着三个应当死去的理由，他把枪管抵在耳朵上，他说那是他头上唯一不感到疼痛的地方。在意识到生命即将终结的特殊时刻，一个想法阻止了他的手指去扣动扳机，他突然想到他不应该结束一件由德国人开始的事情。

这份“英雄情结”式的勇气将阿德里安从崩溃的边缘拉了回来，一切开始有了转机。对阿德里安来说，这份最初的勇气来自自我尊严的重新建立——“我不应该结束一件由德国人开始的事情。”我又想到了卡夫卡，他也谈到了人不能绝望，他说，你如果是在攀登一座峭壁，它就像你自身从下往上看一样陡峭，那么倒退也可能是地理形态造成的，那你就不绝望了。其实卡夫卡所说的“倒退是地理形态造成的”并不是阿Q式的自我安慰和自我逃避，而是在强调，是态度或者勇气在改变一切，只不过勇气树立的方式之一是通过改变看待事物的视角来完成的。

阿德里安要真正快乐地生活起来，他还需要勇气去做更多的事，去见更多的人。比如他还要不断地给他的母亲和妹妹写信撒谎他只是受了点轻伤很快就能康复；比如他还想方便的时候去见见他日思夜想可已经背叛他的情人克雷芒思；比如他还要和他的病友一起走出病房去适应人们异样的眼光……问题是，新的人生中——对一个面孔严重损毁的人——会重新经历许多个第一次，虽然每跨出一步的步伐不必太大，但跨越的勇气从哪里来，又能支撑多久？这些问题的答案，我们每个人都想获得，这也是小说持久吸引我们的地方。

小说家马尔克·杜甘一面迎难而上，一面尊重他笔下人物阿德里安的性格发展轨迹，像树上长出树叶一样自然地回答了读者挂念的那些问题——勇气是如何一次又一次地拯救一颗绝望的灵魂的。勇气是什么？阿德里安说，勇气是“放弃任何内省、任何注视生存灾难的诱惑，顺从与一种幻灭与殉难者的利己主义交替的苦涩”。在我看来，勇气是对自卑的忽略，对前景的设想，是接受他人的信赖并回报对方一个孩子般的笑脸，是放弃了一切信仰将解决问题的任务留给自己并企图像小学生计算一道算术题一样独自完成它。

这一切还得从阿德里安的两个病友说起。

不需信仰和仪式，同样的伤口使三个经历不同性格迥异的年轻军官组成了一个小团体。骑兵上尉佩纳斯特，下巴被弹片削掉，眼睛破裂，他刚毅、热心。飞行员韦尔，面孔和双手重度烧伤，开朗、幽默。小说这样描述他们：“佩纳斯特的每个姿势、每句话都流露出勇气，把它赋予试图怜悯自己的新人；韦尔则用笑话来逗他们，甚至能使那些嘴巴都打掉的人也笑出声来。”这个小团体达成一致的默契，不是靠强制，靠的是彼此的惺惺相惜和趋近的价值取向。俗话说物以类聚人以群分，可以看出，阿德里安虽然外在给人书卷气十足、敏感细腻的印象，但其内心沉睡着火一样的生活热情，只不过它在等待一次外力的撞击罢了。军官病房里的小团体适时出现了，佩纳斯特和韦尔点燃了他内心的热情，那些伤口带给他的挫败感和绝望像火山爆发时的火山灰一样行将消失。

他们开始“预谋”第一次出行，去面对世界。此时的阿德里安经过给窦道配模型、面部植皮等几次大手术，已经恢复了部分说话功能，面部虽不可能还原但在缓慢康复中。他们穿着军装扎着包头布，上午将近十一点钟，一支“遇难者”队伍出发了。阿德里安有些紧张，强烈的恐惧让他感到一种眩晕，他说，“就像有人要求我从屋顶到屋顶地穿越巴黎一样。”而他的同伴，目光平视，昂首阔步，旁若无人。慢慢地，一切都变了，淡蓝色的天空在阿德里安眼里变得“似乎被山地的风清洗过一样”。一个散步回家的老人站在家门口，逐个仔细打量他们后抬起他的帽子向这支“遇难者”队伍致意。这个有些意外的举动让队伍里的人有些无所适从，“我从未意识到空气能如此充足，简直使人呼吸不过来。”接下来，他们去了街角的一个面包店，彬彬有礼地对女老板说话，要三个羊角面包。倒是把女老板吓得直哆嗦，急中生智，女老板说了句十分幽默的话，她说：“你们至少不是德国人吧？”大伙转身走开，放开喉咙大笑起来。再后来，他们甚至集体去了一次妓院，完全像正常人一样，肆无忌惮地消费起自己的欲望来了。

像正常人一样坦然地去面对和经历，是勇气馈赠给阿德里安的一件最好礼物，这件礼物最终成了烛照他往后日子的一盏灯，尤其在黑暗里，它的光芒显得更加明亮夺目。战争尘埃落定后不久，在荣军医院磨炼了近五年的阿德里安回到了故乡，荣誉、掌声、爱情、婚姻、女儿、欢笑……阿德里安的生活像驶入快车道的车子，一路平稳向前。

记得小时候，当我们遇到一点小麻烦，比如课堂上不敢大声回答老师的问题、不敢登台面向全校师生发表演讲，老师总是反复对我们说，给自己来点勇气，勇敢些，迈出第一步，就成功了百分之五十，就不用愁第二步第三步。说实话，直到读完《军官病房》的最后一个句号，我似乎才真正弄懂老师那些话里所包含的生活智慧和重量。因为命运的安排，我们每个人体验的苦难、恐惧、绝望的深浅程度不同，在马尔克·杜甘这个有些极致的故事里，我们感受到支撑人类走出绝望的道理是如此的朴素和浅显，就像我们的老师在我们不谙世事的年纪，就已经反复跟我们讲的那些简单的话，可是在《军官病房》里，这些听起来如此简单的话，显示了多么强大的力量。

一个人的战争和两个人的爱情

应该说这部不足十万字的小说，在这里已经结束了它最辉煌的历史——对绝望与勇气的探讨，但作为一部以战争为背景、一段凄美爱情穿插其间的小说，两个重要元素——战争和爱情也值得说说。

小说涉及的战争是1914年至1918年的德法战争，因为小说的视野放在后方医院的病房里，所以小说没有正面的、宏大的战争场面叙写，但作者仍然通过笔下的人物表达了他对战争的看法，“一场毫无意义的战争，除了几个国家之间莫名其妙的仇恨之外没有别的理由……一切冲突都只是人类新的失败，任何理由都不足以使人相互屠杀。”这是杜甘在《作者序言》里的话，这些话最终通过人物在小说里出现。

面孔当中被炸了个大窟窿的勒沃舍勒，在他的妻子和两个儿子第一次探望他时，激动得像个孩子一样，可是在接待室，他的妻子和孩子都没认出他来，并且那个大的孩子逃到走廊里喊着，不是我的爸爸，不是我的爸爸。一场应该令人感动的见面不欢而散。当天晚上勒沃舍勒便自杀了。小说还以相当多的笔墨写了一个叫玛格丽特的漂亮女护士，也是由于毁容，终身都未能享受到爱情和婚姻，甚至遭到父兄的嫌弃，但她仍然自信地活着，并把一生都用来为他人服务。

这两个例子充分表达了作者马尔克·杜甘的“战争观”，具体表现为两方面：一是对战争残酷的揭示，寄托作者的同情；二是对战争的不满，表达作者的愤怒。但是我认为，战争不是这部小说所要表达的主旨，战争只是作为这个故事展开的一个前提条件出现的。欧洲反战小说已经多如牛毛了，而这部小说获得巨大成功的原因，不在于它写了战争，而在于它写了深陷战争中的人。战争已经变得越来越模糊，如果人们有一天还在对这部小说津津乐道，那一定是在谈论关于“绝望与勇气”的话题，所以马尔克·杜甘清醒地说：“这本书及其改编的影片所取得的巨大成功，都没有比看到法国的中学里在学习它更使我满意。”

和战争只是这部小说的道具一样，爱情更像这部小说的调味品。马尔克·杜甘在小说中对爱情的描述只在开头和结尾出现。主人公的这段爱情具备“凄美”的元素——一见钟情，一夜情，离别，偶遇，分手。作者高超的文字将它经营得感人至深，从常理来说，对一段浮萍一样的情感的回忆，不足以成为支撑主人公熬过痛苦岁月的理由。

好在战争和爱情只是这部小说的道具和调味品，小说的品质并没有受到损害，所以马尔克·杜甘的第一部小说《军官病房》1998年一出版就取得了空前成功，获得了十八项文学奖，其中有书商奖、尼米埃奖、双猴奖，并在德国、英国和美国出版，由此改编成的电影荣获法国最高电影奖——恺撒奖的两个奖项。马尔克·杜甘1957年生于塞内加尔，专业为政治学和金融学，在金融业和航空运输业担任过各种职务，后从事写作。继《军官病房》之后，还出版了《英国战役》和《幸福得如同上帝在法国》。

永远的传奇

卡尔维诺和《树上的男爵》

为什么读卡尔维诺

对我们中国读者来说，卡尔维诺作为一座文学金矿正在得到完全开采，译林出版社 2001 年出版了他的六卷本文集后，锦上添花，2006 年又相继出版了他的文学评论集《为什么读经典》《短篇小说集》《巴黎隐士》和《疯狂的奥兰多》，而且拾遗补漏的出版还在进行中，卡尔维诺的文学世界将全方位地呈现在我们面前。

卡尔维诺被广泛阅读和谈论是不争的事实，他的追随者包括文学专业读者和非文学专业读者。无论哪一类读者，只要打开他的书，都能从他丰富多彩的小说中"各取所需"——文学青年得到启示，爱好阅读的"小资"得到消遣，总之不会失望是所有阅读者的共同感受。读者之间的口耳相传成了卡尔维诺书的最好广告，所以他的书每隔三五年就要重印一次。这一事实，正好印证了卡尔维诺对于自己书的看法，他说："我的书都不是那种一出版就卖出上万本，然而隔年即被遗忘的畅销书。我的成就感在于看到我的书每年新印，有些每次印刷一万到一万五千本。"

另外，"卡迷们"在网上专门建立了"卡尔维诺网"，发布信息和读书评论；我们中国研究卡尔维诺的专著就出了三四本，其他的研究论文就更多了。卡尔维诺的作品在中国受到的欢迎超过了很多中国的一线作家。可以说，他是真正靠自己的作品为自己建立"纪念碑"的世界级大师。

不仅如此，有好事者一度把卡尔维诺的书列为"小资"必备读物之一（"小资"们的书架上还摆有村上春树、杜拉斯、卡夫卡和纳博科夫），小圈子内，充当谈资和象征品位的卡尔维诺，成为"小资"们追捧的文学阅读时尚。这也可能是一个已经逝去二十多年的意大利作家生前所没有料到的。

那些追求物质优越感和精神优越感的"小资"们为什么钟情卡尔维诺？这是一个令人费解的问题，就像时尚的风一样你无法判断它下一分钟吹向何处，或许时尚需要的就是跟风而不是什么理由——你读卡尔维诺，那我也读卡尔维诺吧。不过我还是在网上看到了一个"小资"写的文章《像我这样一个乱读书不求甚解的小女人为什么喜欢卡尔维诺?》，她谈了五点，我觉得谈得很实诚，也有一定代表性，所以摘录于此：

第一，他是作家中的美男子。对不起，我很讨厌某些文人，讨厌他们的自恋。男人自恋，有两个结果：不是永远长不大，就是青春期过长。可看到了卡尔维诺，简直狂喜！对了，作家长成这样——几乎是一个男文人相貌的最好范式。卡尔维诺的头颅长得像块圆圆的大石头，十分饱满，高敞的额头上皱纹雕刻得又深又长，像某种有光泽的海螺。眼神和唇部及微张的鼻孔都有掩不去的笑意，是一种戏谑的温情。卡长得很纯正可爱，他有一份世人不及的风采：好像在闪光灯下略微一现身，即刻将消失的神态，微带歉意。完全是童话中人。yahoo 里将他的作品列在 Folk and Fairy Tales 一类也不无道理。你看到这张脸就相信他会有好故事告诉你，而且，我相信他住在意大利的城堡里，没有空调的夏天也很凉快，所以他偶尔出来转一转，赶快回家了。

第二，天秤座的卡尔维诺，内心的平衡能力很强，他像树上的男爵一样有一种超然在上的视角，这在文人堆里也是不多见的。我相信他决不会跟人吵架，给别人添乱，给自己跌份。“因为在出版社工作，我花在别人的书上的时间比自己的书多得多，我并不介意：任何消耗在有益于以文明的方式生活在一起的事务上的精力都是适得其所的。”卡尔维诺在自传中如是说。这种心平气和令我敬仰。没在出版社干过的人很难理解他的心态有什么不凡。只有当你每天处理着堆积如山的文稿，好歹要把其中的一些收拾得像模像样，而恨不能干脆自己写一本算了的时候，你才会感动于卡尔维诺的宽宏气度。

第三，卡尔维诺喜欢隐形的快感，“当我所在的环境让我自以为是隐形人时，我觉得无比自在。”他的曾经存在对这个文人奔跑过甚的世界是一个嘲讽。他的想法是：“我认为作者一旦曝光，损失不小。以前真正受欢迎的作家根本没人知道他们是谁、长什么样子，他们只是书皮上的一个名字，而这一点使他们拥有非比寻常的魅力。”“我觉得对一个作家而言理想境界应该是，接近无名，如此，作家的至高威信才得以远播。这个作家不露面、不现身，但他呈现的那个世界占满整个时代画面，像莎士比亚。今天，作家愈想越俎代庖，他所呈现的那个世界就愈空洞，作者亦被掏空，最后落得两败俱伤。”

第四，看卡尔维诺初抵纽约的日记，关于“女人”，他有一行字：很迷人的少之又少，多是小资产阶级。转啊，转啊，都灵。太妙了。他骂了我们，我很痛快！尤其是“转啊，转啊，都灵”！把长袖善舞的姿态都描出来了。对女文人是个绝妙忠告：转什么转？多滑稽。

第五，他喜欢唐人街的波波餐厅的中国菜，夸它顶呱呱。瞧，我还无力品评他的作品呢，就凭以上几点，可看出他是最不像文人的文人，所以他的小说俗人要当神话来读，那是一个凡俗不可企及的世界，这就是为什么他已悄然遁去，我们却满世纪找他的原因。

这一漫长的引用都快侵犯那位“小资”的著作权了。不可否认，他在读者心中的经典地位已经确立，“卡尔维诺”这个名字成为某种符号和象征，无论文学专业读者还是大众读者都从他蕴含着无穷神奇魅力的文学世界里获得了另外一种人生。

卡尔维诺的魅力在哪里？我们为什么要读卡尔维诺呢？我们不得不提到他的《为什么读经典》。

他的文学评论集《为什么读经典》可能不是为大众或者说普通读者所写的，一是因为这是一本理性胜过感性的文学评论集，二是因为他论及的对象属于“他的”经典作家之列，我们未必读过，而更多的时候他是以“内行”的身份在揭示小说的秘密。但是这本书依然可以看作是我们走进卡尔维诺的文学世界的一把钥匙，因为一个作家向人展示他的“私人书架”，等于向人公布了他所受的文学影响和他文学价值观的形成过程，以及他的写作对文学遗产的继承和开拓。

在这本书的开篇，卡尔维诺写了一篇与本书同名的重要文章，也是给我们启示最多的文章：《为什么读经典》。这篇文章可以看成这本书的“灵魂”，也可以看成卡尔维诺写成此书的动因——阅读经典是“我所需要的真正食物”。在这篇文章里，卡尔维诺回答了三个问题：经典是什么？为什么读经典？怎样读经典？

卡尔维诺给经典提出了十四条定义，在这些真知灼见中，第四、第五条超越了前人对经典的论述，他说：“经典是每次重读都像初读那样带来发现的书；经典是即使我们初读也好像在重温的书。”无论重读还是初读，经典都以它自己的方式给予我们意义，这是阅读经典的最大好处。除此以外，卡尔维诺对经典的界定让我们意识到，经典是一个开放的概念，那些企图以一句话穷尽经典概念的“霸权式”做法，是对经典的一种桎梏。由此说开去，文学概念的定义和命名都是开放的，如果缺乏这种态度，就会如略萨所说，解释概念和确立名目都是不可救药的毛病。

与第一个问题的详细论述不同，对后两个问题，卡尔维诺吝啬得只用一句话就回答了。为什么读经典？因为“读经典总比不读好”。怎样读经典？“出于职责和敬意读经典作品是没有用的，我们只应仅仅因为喜爱而读它们。”“把现在当作我们窗外的噪音来听，把经典作品当成房间外远方的回声来聆听。”此言不虚。

我不是“小资”，但我是个“卡迷”，能收集到的卡尔维诺作品汉译本我都读过，而且我的书架上摆了长长一条。见到这本书时我还是很兴奋的，因为长期与文学打交道，加之我又是个吃了个鸡蛋觉得不错还想认识那下蛋母鸡的人，这本书激起了我的好奇心：我为之着迷的卡尔维诺他读哪些人的书？他有什么看法？

令我有些得意的是，卡尔维诺推崇的那些经典作家作品，大部分也是我的最爱。在卡尔维诺的阅读链条上，依照密度增长的顺序，他们的名字是：司汤达、巴尔扎克、狄更斯、福楼拜、托尔斯泰、亨利·詹姆斯、史蒂文森、海明威、卡夫卡、博尔赫斯、格诺、纳博科夫……这是一份长得几乎没有尽头的名单，它囊括了二十世纪、十九世纪甚至更早时期的世界文学大师。有趣的是，“小资”们热衷谈论的名字也都在这里，当然，卡尔维诺没有像某些自负的作家那样，把自己的名字列在其中。

在谈论这些经典时，卡尔维诺以他智慧的眼光和抒情的语言让我们领略了文学评论的魅力。他没有介绍过多的让人摸不着头脑的概念，没有惊世骇俗的观点，有的只是细致的阐释、精妙的发现以及行云流水的表达，更让人流连的是他让我们目睹了一个人与一本书的缘分，还有时间在一个人和一本书上留下的印痕。他这样评价海明威，“那时，使我亲近海明威的，是一种诗学上的吸引力。”不久，他感受到海明威的局限，他的诗学“显得狭窄，太容易跌入矫饰”，“然而，在十年后的今天，评估我师从海明威的收支平衡，我的账户是有结余的。”仅从这里我们就可以感受到卡尔维诺的评论风格，平易近人、与众不同。

从这本书中我们还看到，卡尔维诺对博尔赫斯情有独钟，他的理由是“我在博尔赫斯那里认识到文学理念是一个由智力建构和管辖的世界”。实际上，反观卡尔维诺的小说创作实践，这一理念自始至终贯穿于他的作品中，他的小说虽然不像博尔赫斯的小说那样被智慧的迷宫包围，但依然显示着对生活非凡的发现，比如《阿根廷蚂蚁》或《树上的男爵》。卡尔维诺1985年去世，博尔赫斯1986年去世，卡尔维诺这篇谈论博尔赫斯的文章写于这两位大师同在一片星光下的1984年，卡尔维诺将赞美毫不吝啬地献给了他的同行博尔赫斯。据说两位卓越的作家在罗马和西班牙各有过一次邂逅，当时博尔赫斯已届暮年。卡尔维诺认为，博尔赫斯是一位简洁大师，他同时说，“是博尔赫斯使我们看到文学的诞生可以说是被提升到了第二层次，与此同时文学又是源自它本身的平方根——潜在文学。”这是一种至高的评论，也是一种令人肃然起敬的同行之间的理解。

这部书里的其他文章同样让人爱不释手，我们看到了一个新的卡尔维诺，一个并不逊色于小说家身份的卡尔维诺。

为什么读卡尔维诺？我想起卡尔维诺援引过的例子。当毒药在准备中的时候，苏格拉底正在用长笛练习一首曲子。“这有什么用呢？”有人问他。苏格拉底说，“至少我死前可以学习这首曲子。”

经典的卡尔维诺，读总比不读好。

纯文学的末世景观抑或未来之路？

1985年9月6日，正在家中准备赴美国讲学的演讲报告时卡尔维诺突发脑溢血，入院两星期后医治无效在意大利佩斯卡拉去世，终年六十二岁。据说，卡尔维诺与当年的诺贝尔文学奖失之交臂。

卡尔维诺生命的结束伴随着读者对他评价的开始，有人说卡尔维诺是二十世纪最后一位纯文学大师；有人说卡尔维诺是纯文学的最后一道景观。我不知道这种说法的依据。仿佛卡尔维诺之后，纯文学在二十一世纪行将消失——其实在世纪更替之际，预言“文学将死”“小说将死”的论调不绝于耳，人们热衷这个结论倒不是他们找到了个中缘由，更多的是出于人们对这个时代的文学抱有的像更年期妇女似的焦躁情绪——虽然这种武断的评价和预言里边，包含着人们对卡尔维诺的怀念和尊敬。而恰恰相反，卡尔维诺自己并不认为文学在21世纪将踏上穷途末路，他生命结束前留下的最后文字——“美国讲稿”正是针对二十一世纪文学的，题目是《未来千年文学备忘录》，对文学在二○○○年之后的前景，他说：“我对文学的未来是有信心的，因为我知道有些东西只能靠文学及其特殊手段提供给我们。”

哈佛大学将卡尔维诺的课程安排在1985到1986一个学年内，在“诺顿论坛”上举行六次讲座。要动身去美国时，他的六篇讲稿只写好了五篇，第六篇准备到哈佛大学后再完成，还来不及宣讲这些讲稿，卡尔维诺便猝然离世，所以我们只看到了五篇讲稿，即由他妻子后来整理出版的《美国讲稿》，它是一份凝聚了一位伟大作家一辈子创作实践和创作思考的“文学备忘录”。

二十世纪的一千年结束了，那是“西方现代语言与文学发生与发展的一千年”，书籍成为那个世纪我们所熟悉和可触摸的见证。新的一千年到来了，在科技与后工业化的时代，文学与书籍的命运如何，虽然无法确切预言，但一些嬗变的端倪仍然令人堪忧。尽管卡尔维诺对未来文学有信心，但他显然意识到了一些不那么令人满意的变化，所以他将他的思考放在了“二○○○年以后的文学应该保存哪些价值观”的问题上。

为此，他提出了五点，这五点构成了每篇讲稿的题目：（一）轻逸——笔触和思维的轻逸；（二）迅捷——手法简约有效，叙事流畅迅速；（三）精准——形式设计和词语表达精准；（四）可视——生动的细节描写和鲜明的视觉形象，即使是在对幻想的描写之中；（五）繁复——展示万事万物的互相联结和对无穷这一事物性质的关注。在他的论述中，其中“迅捷”“精准”“可视”三点是从小说的内部技巧上来阐明小说应有的品质的，就是说文学作品具备了这几个特点，“俘获”读者就变得不那么困难了。他仿佛在告诫创作小说的人：“朝这个方向努力去吧，会有收获的。”而“轻逸”和“繁复”，这两点则是从小说价值观的角度来谈论的，与二〇〇〇年这个前景结合起来了，所以它更像是预言——未来小说力图在展示世界“繁复”的历程中为其插上“轻逸”的翅膀，让读者的心灵像鸟儿一样飞起来，而不是像羽毛。

“应该轻得像鸟儿，而不是羽毛。”这是卡尔维诺引用法国评论家保尔·瓦莱里的话对“轻逸”的解释。——卡尔维诺提出了“轻”小说的理论。卡尔维诺认为，未来生活变得沉重是不可避免的，高速发展的工业和科技将物质世界变得拥挤沉重的同时，精神世界也将在形形色色的限制和竞争中变得坚硬和沉重万分。在沉重的世界里，人们依然要生存，而“文学是一种生存功能，是寻求轻松，是对生活重负的一种反作用力”。卡尔维诺深情地写道：“当我觉得人类的王国不可避免地要变得沉重时，我总想我是否应该像柏尔修斯（柏尔修斯是希腊神话里的人物，他有双飞行鞋，砍下女妖的脑袋后借飞行鞋远走高飞）那样飞向另一个世界。我不是说要逃避到幻想与非理性的世界中去，而是说我应该改变方法，从另一个角度去观察这个世界，以另外一种逻辑、另外一种认识与检验方法去看待这个世界。”卡尔维诺所说的“另外一种”，就是他寻求的小说中的“轻”的形象，能让读者穿越沉重、寻求轻松的小说。在他的理想中，二〇〇〇年后的小说应该是柏尔修斯脚下的那双“飞行鞋”、卡夫卡笔下那只载着主人公飞行的小桶。

当卡尔维诺如此预言未来的小说时，他已经在创作实践的水中蹚了很久，他笔下一系列的人物、故事甚至语言，都在“轻”小说的理论中开出了美丽的花朵：那个在生活的夹缝中处处碰壁但乐观积极的小市民马科瓦多；那位被烟云骚扰的《净化》杂志的编辑先生和与阿根廷蚂蚁作斗争的夫妻终究找到了他们“干净”的世界；那个在树上生活了一辈子最后乘坐热气球消失的男爵；那个一半是邪恶一半是善良最后变成了一个完整的不好不坏的子爵；以及那些我们连名字都难以记起的形形色色的小人物和柳暗花明的故事。在这里，卡尔维诺让我们读到趣味、乐观、希望，这些“轻”的品质，让人忽略沉重，所以，他将四十年的小说创作经历定义为“我的工作常常是为了减轻分量”，他也将未来小说的价值观定义为“轻”小说。

未来的事实如何呢？

现在是2009年，二十一世纪已经过去了将近十年，距离卡尔维诺预言未来“轻”小说的1985年也有二十四年了，我们的文学现实是，纯文学不但没有消失，反而更加蓬勃地行进着。小说在“市场”与“象牙塔”两条道路上寻找各自存在的意义，无论它们在内部的结构和叙述上有多大的分歧，我们仍然看到了它们在这个快节奏的沉重时代所作的“轻”的努力——玄幻小说、披着通俗故事外衣的严肃小说、从网络上获取资源的新闻小说无不将阅读的愉悦放在了小说追求的首要位置，并由此让一部分读者开始与小说“亲密接触”，“悦读”是向“轻”迈进的第一步。遗憾的是，很多小说只是“轻”得像羽毛，而非小鸟儿，缺少带着读者飞翔、穿越沉重的能力。无论如何，卡尔维诺的“轻”小说在这个新世纪初期开始崭露头角。

似乎，在卡尔维诺成为纯文学的末世景观之时，他的小说也成为纯文学的未来之路——想象诡谲、风格多变、杂糅幻想与实际以及抽象的哲学和科学观念并诉诸感性生动的叙事方式。他的创作实践和他的预言是合二为一的，因为他的小说依然活着，人们对他的阅读依然持续着。在这一点上，人们把他与博尔赫斯相提并论，称两人之间有一种“平行性”，如果说博尔赫斯曾经成为中国作家的“老师”的话，我以为，卡尔维诺将成为中国作家的下一位“老师”。博尔赫斯在叙事技巧上启发了我们，让我们感受到叙事也是一种智慧；而卡尔维诺则在小说的价值和意义上为我们提供参考，轻逸、迅捷、精准、可视、繁复都将成为小说的可贵品质之一。或许，卡尔维诺对我们最大的吸引还在于如何将读者团结到小说身边，并不让读者失望。这样说，不仅是因为卡尔维诺提出了“轻”小说的理论，更因为他的小说为此提供了例证。

《树上的男爵》：永远的传奇

卡尔维诺最有名、最惊艳的小说无疑是《我们的祖先》（三部曲），其中最让人津津乐道的应该是《树上的男爵》。

把一个人送到树上去，并让他在树上生活一辈子。这是一个看上去不可思议的想法，而这想法就诞生在卡尔维诺的大脑里，并被他写成一部人间传奇。作家头脑中冒出几个异想天开的小说构思乃平常之事，而不平常在于让异想天开变为可感可触的人物和故事。我们没有树上生活的经历，我们甚至会怀疑人一辈子不离开树上半步，是否可能是否可信，但卡尔维诺做到了，他让柯希莫在树上生活了一辈子——一辈子是多久？十二岁离家上树六十五岁消失共五十三年啦——并让我们相信这发生在地中海十八世纪的故事是如此真实。

另外，“人在树上攀爬”是一个久远而耐人寻味的意象，卡尔维诺让我们的思绪穿越茂密树林的缝隙看到，我们的先祖不是长久地攀爬于树上吗？我们的先祖不就是从树上下来的吗？所以，让柯希莫重新回到树上也就理所当然了。柯希莫回到树上一定是这广袤的大地已经没有了，或者即将没有他的立足之地了，柯希莫才回到先祖们攀爬的树上的。这就是卡尔维诺，一位让异想天开变为小说现实、一位不平常的平常作家。

卡尔维诺在《我们的祖先》（三部曲）“总序”中说：“这些故事由意象滋长出来，而不是来自我想要阐述的理念；意象在故事之中的发展，也全凭故事的内在逻辑。”既然卡尔维诺这样说，那就让我们暂时忘记这位创造了“树上精灵——柯希莫”的小说家，直接走进故事的逻辑之中，去探询“意象在故事之中的发展”，看看能否找到关于柯希莫——或许就是我们自身——的所有秘密。

柯希莫在树上生活了一辈子，连死后的遗体都没有回到地面。那么他的灵魂就更不用说了，一定也没有回到地面，那还在那片茂密的树林里吗？似乎也没有可能，因为柯希莫离去之后，出现了两种说法，一是说树木悲伤不已，难以自持，纷纷倒落；一是说人们玩弄斧子砍光了树木。不管哪种说法可信，总之“天上空荡荡的，很是刺眼”。柯希莫为什么如此决绝，要离开我们——当然也是一切动植物——赖以生存的大地呢？

一位翁布罗萨的老人——比柯希莫小四岁的弟弟彼亚乔见证了这一切，他向我们尽量详细地讲述了他哥哥为什么爬到树上去以及如何在树上生活的漫长经过。

有时，事情的起因其实很简单，一个怪异的表情，一个挑逗的动作，也可能是一句赌气的话，便酿成一桩惊天动地的事来。那是遥远的 1767 年 6 月 15 日，翁布罗萨一家贵族别墅里，正餐时间，一盘蜗牛摆在了柯希莫面前，这个十二岁的孩子突然发飙，愤怒地将蜗牛推开，吼道：“我说过不要，我就是不要！”他的男爵父亲的权威受到了挑衅，用愤怒来制衡愤怒，对着柯希莫吼道：“从饭桌上滚开！”柯希莫转过身去，背向大家，走出餐室，朝花园跑去，他很快爬上那棵圣栎树。他的父亲从窗台里探出身对他喊道：“你在那里待腻了就会改主意的。”柯希莫在树冠上说：“我决不下树！”

“我决不下树！”到现在为止，尽管我们知道了这句话意味着整部小说一种坚定的表达，但当它从一个十二岁小孩嘴里蹦出来时，我们依然以为它是一句赌气话，是一时冲动的过激行为，而“味道实在难吃，任何人都根本无法忍受”的那盘蜗牛，只是激起柯希莫逆反情绪的一个由头。应该说“蜗牛”背后，隐藏着一个少年的“自由之心”，对“拘谨烦琐”的贵族习气的抵抗和宣战。进餐时，眼不能从盘子上抬起来；喝汤不能发出轻微响声；要用刀叉吃鸡；身体要坐直；胳臂肘不要靠在桌子上等等，这些让人窒息和厌烦的规矩，总会在某个特定时期被某个与众不同的人扔掉，柯希莫担当了这一角色，只不过他抵抗和宣战的方式充满戏剧性，不是司空见惯的离家出走或者其他，而是爬到树上去，双脚永不着地。

在随后的日子里柯希莫我行我素，他拒绝了家人的原谅、邀请，并成功逃脱了父亲的两次搜捕。他一直生活在树上，就像我们生活在大地上一样。可是柯希莫并不是孙悟空，他没有七十二变，不会腾云驾雾，他拥有同我们一样的肉身，他需要食物和水，需要一张床，需要应付四季的更替。事实上，柯希莫的树上生活并没有超越我们的想象，他以打猎为生，穿兽皮，喝山泉，用扦子炙烤野味，大小便也没随意，他坐在树上钓鱼，他找到一只猎狗，在地面奔跑，为柯希莫送回食物……他掌握了在树上生活本领的同时，更重要的是他的本性已经发生了变化，与我们不同了，野生生物塑造了他的心灵，使他失去了人的一切风貌。

或许，从赌气到拒绝到习惯，这一人生历程的演变，可以看作柯希莫为什么不从树上下来的原因，但这一分析仍是表面而肤浅的。从树上回到大地，只有一步之遥，是非常容易的，而柯希莫放弃了这一步之遥的距离，选择了他要走的路，这对我们常人来说是不可思议的，所以柯希莫的弟弟代我们说出了有些伤感的疑惑：“他躲在一棵梧桐树顶上，挨着冻，望着灯火辉煌的窗子，看见我们家室内张灯结彩，头戴假发的人们跳舞。他的心里曾经涌起什么样的情绪呢？至少曾经稍稍地怀念我们的生活吗？他曾经想到重返我们的生活只差一步之遥，这一步是那么的近又是那么的容易跨越吗？”

这一步对柯希莫来说的确难以跨越。他站在树梢虽然离地面只有一步之遥，但正是这一步之遥的距离，让他脱离了一个陈腐的世界，看清了一个贫穷混乱的世界，从而“认识和占有了他的那个树上的王国”。他离开大地，并没有疏远地上的生活，相反，在树上独特的见识和视角让他表现出了对地上生活的更大热情和智慧。树上的生存问题解决之后，柯希莫过上了忙碌而有意义和价值的生活：帮律师骑士把蜜蜂引进蜂箱；制止了一场仇人针对柯希莫的纵火，为镇上建造了一座水库堤坝来防火保护森林；他抽剑砍杀了海盗和背叛的叔父；为乌苏拉家族的流亡者找到了家园；等等。柯希莫的智慧让他在树上漂亮地完成了这些事情，这些事情让他“把自己的命运同其他人的命运分隔开来，并且成功地变成与众不同的人”，柯希莫这么认为。

柯希莫留在树上，仅仅是想做一个改变地上世界的与众不同的“好人”吗？似乎也不是。我们依然想找到柯希莫留在树上的那些类似哲学意义上的深层因素。小说中至少有两个地方的对话企图揭示其中的奥妙。第二十章，柯希莫的弟弟见到了老哲学家伏尔泰，伏尔泰问他，“您的哥哥待在那上面，是想上天吗？”他回答：“我哥哥认为，谁想看清尘世就应当同它保持必要的距离。”伏尔泰总结道：“从前，只是大自然创造生命现象，现在是理智。”第十八章，在柯希莫的帮助下，乌苏拉家族的流放结束了。伯爵说：“男爵，你留在树上做什么呢？没有理由呀！”柯希莫张开双臂：“我比你们早到这上面来，先生们，我也要留到最后！”“你要后退吗？”伯爵大声嚷。“不，是抵抗。”柯希莫回答。或许可以这样说，是理智的抵抗，成就了柯希莫的树上传奇。

柯希莫的行为启示我们，其实每个人都可以像柯希莫一样攀爬到树上去的，或者说我们要改变我们的尘世生活是容易的，但我们没有那样去做，是我们缺少抵制故有生活的勇气，所以我们成为不了柯希莫，也成就不了传奇。当然，如果我们全都爬到树上去，永远不从树上下来，我想，从树上下来的第一个也必定还是柯希莫，因为传奇永远属于与众不同的人，属于个别人，而这个人就是卡尔维诺笔下的柯希莫。

的确，柯希莫的传奇是令人信服的，如卡尔维诺所说的故事凭内在的逻辑演绎，它既是一个自给自足的系统，也是一个开放的系统。卡尔维诺的伟大之处就在于，他不仅让传奇征服我们，而且让我们明白我们每个人都可以成为传奇，只是你想不想的问题。

卡尔维诺让柯希莫在树上生活了一辈子，柯希莫最后这样说，“许多年以来，我为一些连我自己都解释不清的理想而活着，但是我做了一件好事情：生活在树上。”我不知道这是一件什么样的好事情？难道它解放了我们的想象力，让我们在并不如意的生活中敢于突破不可能而去想象另一种生活？或者，让我们忘记眼前的生活沉浸到短暂而虚幻的梦想当中去？但无论怎样，尽管柯希莫“始终热爱大地”“生活在树上”，而他在树上攀爬的背影总是显得那么孤独，猴子和松鼠没把他当同类，站在树下的我们也没把他当同类。他的孤独与一个叫阿多尼的阿拉伯诗人如出一辙，诗人说：“向我袭来的黑暗，让我更加闪亮。孤独，是我向光明攀登的一道阶梯。”对柯希莫来说，光明在哪里呢？在黑暗里。他孤独的身影里饱含着无尽的忧伤，那是18世纪的忧伤，19世纪呢，20世纪、21世纪呢，未来的世纪呢？或许都不可避免，那是人类的忧伤。至少卡尔维诺这么认为。

写作成为一种奇迹

鲁尔福和《佩德罗·巴拉莫》

一

在陀思妥耶夫斯基那里，写作是一种现实；在卡尔维诺那里，写作是一种寓言；在卡夫卡那里，写作是一种孤独；在塞万提斯那里，写作是一种冒险；在普鲁斯特那里，写作是一种时间；在加缪那里，写作是一种荒诞；在博尔赫斯那里，写作是一种游戏……

在胡安·鲁尔福那里，写作成为一种奇迹。

对"奇迹"的理解，可以来自两方面：一方面，写作本身是一种奇迹——文字组合给人带来的梦幻般的奇迹。无论你用的是汉语的方块字，还是西班牙语的拉丁字母，当你抛开其他工作坐下来，用谨慎的态度将一个个词语写下来，变成一篇文章，变成一本书，然后，尽可能大声地把它们读出来，你会感受到一种奇迹：你将怀疑是否是你写下了这些文字？它们是从哪里来的？它们的生命力会长久吗？这种感受就像我们回忆做过的梦一样。只不过，这些梦变得有形，被印在了纸上或留在了电脑里，这就是写作本身的奇迹，我相信这一奇迹很多写作者都感受过。

另一方面，写作可以创造奇迹，即创造另一个世界的奇迹。写作这件事，之所以生生不息，它的魅力在于文字虚构的另一个世界对作者的吸引。当有一天一个迥异于前的陌生世界在文字中搭建起来时，写作的奇迹便光临这位写作者了，写作的边界在他手中得以延展，他将跻身于“大师”行列，以其不可重复性启迪后来者。无奈的是，众多写作者终其一生努力，都等不来写作奇迹的光临，所以用文字制造另一个世界的写作奇迹，像世界上的雪山高峰一样，越是难以攀登，越发显得光芒四射。

墨西哥的胡安·鲁尔福用一部一百多页的小说《佩德罗·巴拉莫》完成了另一个世界的创造，他让写作成为一种真正意义上的奇迹。时间过去五十多年了，至今人们对他创造的奇迹仍津津乐道。小说是这样开始的：胡安·普雷西亚多的母亲在仙逝前留下话儿，让他一定要去看看他的父亲。胡安·普雷西亚多答应了，但他母亲去世了很久他一直都没打算实现自己的诺言。有一天他受幻想的驱使，来到了科马拉，寻找他的父亲，那个名字好像叫佩德罗·巴拉莫的人。一个赶驴人将他带到了这里，胡安·普雷西亚多是带着母亲见到过这儿的东西的那双眼睛来的，但他并没有看到“碧绿的平原”和“在月光下土地呈银白色”的村庄，他看到村子“冷冷清清，空无一人，仿佛被人们遗弃了一般”。赶驴人告诉胡安·普雷西亚多，他也是佩德罗·巴拉莫的儿子；赶驴人还告诉胡安·普雷西亚多，佩德罗·巴拉莫是“仇恨的化身”，只不过佩德罗·巴拉莫已死了好多年了。

小说一开篇，叙述的奇迹就这样发生了：原来，胡安·普雷西亚多的母亲叫他来到的是一个荒无人烟的村庄，寻找一个早已不在世的人。随后，一个奇迹般的世界也出现了。胡安·普雷西亚多进村找到了赶驴人介绍的爱杜薇海斯太太，这位太太告诉他，带他进村的赶驴人已经去世了。就是说，胡安·普雷西亚多碰到的是一个鬼魂。在科马拉此后的日子，胡安·普雷西亚多日日夜夜与游荡在村子里的鬼魂打交道——因为村子里的人死后没人为他们超度，他们的魂灵升入不了天堂，只得整日在村子里游荡。他知晓科拉马的故事，知道了地主佩德罗·巴拉莫有数不清个孩子。在小说结束的时候，我们才知道，来科拉马寻找父亲佩德罗·巴拉莫的胡安·普雷西亚多也变成了一个游荡在村子里的鬼魂。这一刻，我们都有些惊呆了，这是一个死亡的村子，所有的故事和交谈都在鬼魂之间展开。

作者胡安·鲁尔福创造了一个死去村庄里人鬼共处的虚幻世界，但这个人鬼不分的世界里，一切显得又是那么真实，真实得我们不会去怀疑。这是个很有意思的现象，胡安·鲁尔福用谎言讲了一个真实的故事，我们相信他没有编造，尽管在他的小说里，我们是那么难以分辨人鬼共处的虚构世界与洒满阳光的真实世界。有记者问胡安·鲁尔福：“你不认为这样做会使读者看到一个真实世界同另一个充满幽灵和死者的幻想世界的同时共存而分不清它们之间的界线吗?”胡安·鲁尔福说：“就我的作品而言，不会发生这种问题，因为不存在生与死的界线。所有的人物都是死人。这是一本独白小说，所有的独白都是死人进行的。就是说，小说一开始就是死人讲故事。一开始讲自己故事的就是个死人。听故事的人也是个死人。是一种死人之间的对话。村庄也是死去的村庄。”

写一个死去的村庄一种死人间的对话，的确是胡安·鲁尔福的创造，正是这一独特的小说世界，重新拓展了小说的视界，让小说的定义再一次被改写。可以说，胡安·鲁尔福是继卡夫卡之后，解放小说精神的又一位“大师级”的人物，他的《佩德罗·巴拉莫》被誉为“拉丁美洲文学的巅峰小说之一”毫不为过。如果要将胡安·鲁尔福与卡夫卡做一个比较，我认为前者比后者走得更远。卡夫卡 1912 年写出《变形记》，四十多年后的 1955 年，胡安·鲁尔福出版《佩德罗·巴拉莫》。卡夫卡的奇迹在于，他用一句话就颠覆了小说几百年来恪守的现实主义写实传统，在一瞬间打开了现代主义小说的大门。“一天早晨，格里高尔·萨姆沙从不安的睡梦中醒来，发现自己躺在床上变成了一只巨大的甲虫。”让这个开头成为二十世纪小说最著名的开头的原因是“人变成虫子”，要是在神话和童话的世界里“人不变成虫子”，才觉得奇怪，但在强调追求“真实”的小说世界里，这一“变戏法”有些惊世骇俗。奇怪的是，卡夫卡的“变戏法”并没让我们产生怀疑，我们也没有去追问“人”是怎样变成“虫子”的。在《变形记》接下来的叙述中，卡夫卡着力最多的是如何让人变成这只虫子隐藏自己，维护“虫子”的尊严，就是说既然“人变成了虫子”，就必须让这只“虫子”一直成为“虫子”，“虫子”虽然没有丧失“人”说话、思维的功能，但又必须让它以“虫子”的方式生活，小说的难度和吸引力就在这里，否则，小说真实性将受到挑战。我们看到，卡夫卡的叙述底线就在如何维护这只“虫子”的世界而左右徘徊。

而在胡安·鲁尔福的《佩德罗·巴拉莫》里，这最后的“底线”也被抛弃了，他不仅要让“人变成虫子”，他还要让“虫子变回人”

甚至变成“游荡的亡灵”。他直接取消了生死的界线，从“死人说话”到“人鬼不分”，再到“死人回到活人中”，这一系列变化，让小说的叙述如同进入了无人之境、自由之境，传统小说叙述所遵循的现实逻辑经由卡夫卡第一次解放之后，又一次更大的解放。当小说主人公胡安·普雷西亚多终于明白，他进入的是一个死亡的村子时，他感受到了一种压抑得使人透不过气来的沉闷氛围。尽管他在科马拉住了下来，但他仍然见不到他的父亲，也无法知道父亲更多的故事。胡安·普雷西亚多又一次孤独地走在了科马拉的街上，街上到处是冤魂们的说话声：墙角处有人在说话，门洞内有人在说话，街角拐弯处有人在说话……“喧闹声、人声、嗡嗡声和远处的歌声”，一切的一切都似乎在抽干普雷西亚多呼吸所需要的空气，他感到空气越来越稀薄，越来越稀薄，“最后永远地溜掉了。”胡安·普雷西亚多倒下了，倒在了广场上——那个鬼魂们喧闹的地方。

死亡终于让胡安·普雷西亚多摆脱了压抑，他以死亡的方式终于成为科马拉的一员，他与亡灵们更近了，更容易倾听鬼魂们的说话声了。他听到了佩德罗·巴拉莫最后一个妻子的叹息，他听到了被佩德罗·巴拉莫杀害的无辜者们的叙述，他听到了有关佩德罗·巴拉莫与他最后一个妻子苏萨娜的爱情故事。可以说，胡安·普雷西亚多以死实现了他“寻找父亲”的诺言。不过，他见到的仍然只是一个别人描述中的父亲。

二

胡安·鲁尔福用文字搭建了一个充满奇迹的小说世界，他在通往小说世界的途中可以说比卡夫卡要走得远。胡安·鲁尔福生于墨西哥哈利斯科州一个叫萨约拉的村镇里。他六岁丧父，不久，母亲也去世，他在孤儿院长大。鲁尔福没有正式受过高等教育，只是在墨西哥内政部移民局供职时，去大学旁听过文学课程。《佩德罗·巴拉莫》的中文译者屠孟超先生说："在这期间他趁职务之便，跑遍了全国各地，同时，还大量地阅读了国内外的文学名著。"我想在胡安·鲁尔福阅读的这批文学名著里，或许有卡夫卡的小说，或许就有那篇著名的《变形记》。我们无法猜测胡安·鲁尔福读到卡夫卡时的感受，但另外一个人——拉美文学的灵魂人物——加西亚·马尔克斯，我们可以肯定，他分别读到了卡夫卡和鲁尔福，因为他写下了一个作家与另一个作家奇妙相遇的著名文章《对胡安·鲁尔福的简短追忆》。

马尔克斯说："发现胡安·鲁尔福，就像发现弗朗兹·卡夫卡一样，无疑是我记忆中的重要一章。"马尔克斯"发现"胡安·鲁尔福时只有三十二岁，"是一个已写了五本不甚出名的书的作家。"但这时候，他的写作遇到了最大的问题，他"觉得自己进了一条死胡同"，他"到处寻找一个可以从中逃脱的缝隙"，但他"找不到一种既有说服力又有诗意的写作方式"。像上天安排一样，困顿中的马尔克斯得到了胡安·鲁尔福的《佩德罗·巴拉莫》，正是这本"一堆中""最小最薄"的书，让马尔克斯终于"找到了为继续写我的书而需要寻找的道路"。

马尔克斯究竟从《佩德罗·巴拉莫》那里找到了一条什么样的道路？用马尔克斯自己的话说是"一种既有说服力又有诗意的写作方式"，他认为《佩德罗·巴拉莫》是一部不折不扣的诗歌，"诗歌中的情理并不总是基于理性”，诗意的写作方式就是“在好书中看到开在海滩上的天竺葵和雪里的郁金香”。在我看来，小说中的诗意不是指事物内部的合理的逻辑结构，为了表情达意，作者反而故意放弃它们；诗意就是一种奇迹，一种叙述自由所带来的奇迹，这种“奇迹”就是“天竺葵开在海滩上”“郁金香开在雪里”，就像胡安·鲁尔福在《佩德罗·巴拉莫》里创造的生者与亡者之间混沌不分的奇迹世界一样。说到底，马尔克斯寻找的“既有说服力又有诗意的写作方式”就是指用文字创造小说奇迹的写作方式，显然，卡夫卡的“变异”已经无法为马尔克斯提供继续写作的道路，只有胡安·鲁尔福的“奇迹”才能继续指引他。所以，在《百年孤独》里，我们可以看到许多《佩德罗·巴拉莫》叙述上的影子，甚至《百年孤独》里那个著名的开头，我们都可以在《佩德罗·巴拉莫》里发现痕迹。《佩德罗·巴拉莫》里一段的开头是这样写的：“雷德里亚神父很多年后将会回忆起那个夜晚的情景。在那天夜里，硬邦邦的床使他难以入睡，迫使他走出家门。”

怎样让奇迹出现？是胡安·鲁尔福写作中遇到并克服了的一道难题。

让写作中出现奇迹的唯一办法，就是使自身成为奇迹的一部分，让处于特殊状态的头脑与现实、想象、虚构、氛围、人物等小说元素结合起来，从未有过的事物出现的可能性才能得以实现。当一种新的小说世界观出现的时候，小说奇迹也就出现了。胡安·鲁尔福在访谈中也谈道：“我必须虚构一个主要人物，然后酝酿他的性格，最后寻找让他表现的方法。等这一切都已完成，不存在禁忌之处后，我就把人物安排在一个特定的地区，让他自由活动。从此刻起，我只致力于观察他，跟踪他。他有自己的生活，我的任务只限于跟踪他。”胡安·鲁尔福承认“佩德罗·巴拉莫”是一个不合理的人物，但是要说明他是怎样产生的，很困难。这是一种纯属想象的产物。他有自己的生活，甚至能够和作者分离，走他自己的路……

因为无依无靠，因为孤独，而且缺乏与人交往，胡安·鲁尔福只有借助回忆，以便建立起与更多的人和事的联系，来摆脱孤独带来的绝望。自然，写作成为回忆的重要部分。还是文学青年的时候，他写了第一部关于孤独的长篇小说，但他把它销毁了，“因为写得太咬文嚼字，形容词太多。”胡安·鲁尔福将此归咎于当时流行的西班牙文学的耳濡目染，他认为西班牙文学很雕琢，是一种过分求工的装饰品，苍白无力。他对创作上诸多的“清规戒律”和作品的“干瘪乏味”感到不满，他想到他童年时代的人物是朴实的，他们的表达方式也是朴实的，所以，他想用朴实的乡村人物和朴实的表达来对抗文学“虚浮”的现实。

胡安·鲁尔福说：“当我回到童年时代的村庄时，我看到的是一个被遗弃的村子，一个鬼魂的村子。在墨西哥，有许多被遗弃的村庄，于是我头脑里便产生了创作《佩德罗·巴拉莫》的念头。是一个这样的村庄给了我描写死人的想法，那里住着可以说是即将死去的生灵。”我们发现，他头脑中想要的“朴实”的小说与他见到的现实场景——与回忆中的现实千差万别——发生了“化学反应”，一种新的小说世界观在这一瞬间冒出来了，他要写一个村庄的故事，“在那里说话的，生活的，活动的人物，都是死人”。可以说小说的奇迹已经出现了一半，还有一半他必须解决一个说服力的问题，或者说真实性的问题——死人难道会生活在我们的时间和空间里吗？很显然是不会的。如果要让死人与活人生活在同一时间和空间里，就必须让死人复活，要让死人复活，就必须让时间倒流。墨西哥人对死亡和死人的看法有别于其他民族，他们不害怕死人，每年都有死人节，想让死人回到活着的亲人中来。除了这一独特的死亡文化支撑胡安·鲁尔福外，他认为，“生命的问题是时间。”“生命并非是按时间顺序前进的过程，我们的生活是分为片段的。有一些时刻，有一些日子，是空白。生活不是奇妙的，但它充满了奇妙的事情。生活不是完整的，而是划分为片段的，它充满了事件，但不是一个事件，我们不是生活在一个连续不断的过程中，有时若干年也没有发生什么事。”正因为如此，他让死人回到活人的时间和空间里才变得理所当然。

《佩德罗·巴拉莫》的叙述基本贯彻了胡安·鲁尔福“片段性”和“沉默性”的时间观及生活观，他打破了传统小说讲究逻辑顺序的时空观，让小说的叙述在过去、现在和未来之间穿梭，而故事的画面和人物却总是停留在现在，而且他努力让现在变为永恒——即一切都在发生当中。一部充满“现在”意味的小说，一定是一部填满了事实且事实得到了充分表达的小说，所以《佩德罗·巴拉莫》的说服力和真实性也变得毋庸置疑。与诸多令人不堪卒读的现代小说相比，《佩德罗·巴拉莫》在叙事技巧上的“混乱”——马尔克斯称之为“结构纷乱的杰作”——第一并不是为了“炫技”，第二并不是为“制造混乱”而“混乱”，而是出于叙事内容的“需要”。小说要让时间倒流，要让死人回到活人中来，要创造“一个死去村庄死人间的对话”的奇迹，胡安·鲁尔福必须这样做，必须抹去时间空间在小说中的痕迹，而且他“前无古人”地做到了，这一让奇迹发生的方式是对小说形式的贡献。

三

说起《佩德罗·巴拉莫》带给我们经久不衰的震撼，除了胡安·鲁尔福独有的技巧手法和细腻朴实的表达外，还得谈到他着力塑造的经典人物形象“佩德罗·巴拉莫”。

佩德罗·巴拉莫是一个卡西克（卡西克有恶霸、地方统治者或土霸王的意思）。小说通过相互交错的两条线索来完成对佩德罗·巴拉莫的塑造，一条是我们前面提到的一个叫胡安·普雷西亚多的人回到科马拉寻找父亲佩德罗·巴拉莫，在与鬼魂的交谈、交往中，佩德罗·巴拉莫的形象就像显影液里的相片一样，慢慢露出真容来；另一条是直接叙写佩德罗·巴拉莫成长、发家、悲凉死去的经过。两条线殊途同归，讲述那个“诸位不知道的地方”“发生的事情”——卡西克的故事。

被佩德罗·巴拉莫抛弃的儿子、赶驴人阿文迪奥说他“是仇恨的化身”。佩德罗·巴拉莫是个聪明的恶人，当一支革命军打死了他的管家富尔戈尔，准备来“革”他的“命”找他算账时，他立刻掩盖起对这一群拿起武器的穷人恨入骨髓的心理，像个出色演员那样表演。他先以酒饭款待他们，继而对他们表示愿意为革命军提供财力、人力支援（这正是他最为阴险的一招），然后派自己的心腹率领数百人混入革命队伍，伺机夺取领导权，控制革命军，达到控制地方局势的目的。他的目的轻而易举就达到了。佩德罗·巴拉莫作恶多端，恶贯满盈。他任意强占妇女，私生子多得连他都不认识。为了抢夺土地，他光天化日下打死别人，不将法律放在眼里，他说，“什么法律不法律，从今往后，法律应该由我们来制订。”他的儿子米盖尔·巴拉莫打死了人以后，他又很轻松地说：“这个人并不存在！”为了赖账并吞并最大的女债主多罗莱斯的财产，他假装与多罗莱斯结婚，婚后不久便抛弃了她，使她含恨客死他乡。

小说写佩德罗·巴拉莫“恶”的一面时，还写了他“爱”的一面。虽然他的爱出自私己，但却发自内心，能让人感觉温暖。他的儿子米盖尔·巴拉莫死后，他为了求得神父替米盖尔超度亡魂，竟向这个一向被他瞧不起的神父乞求。在对待苏萨娜的“爱情”上，虽然，这是一种近乎疯狂的爱，为了得到所爱的女人，他可以不惜一切代价，可以采取最为卑劣的手段，但他对苏萨娜的爱情却是真挚的。

胡安·鲁尔福用大师级的手笔活脱脱地写出了一个地方卡西克的典型，但这个典型被人鬼不分的死亡气息笼罩着，当他变得一无所有——他心爱的儿子死了，他所爱的女人也死了，他拥有的土地荒芜了，他统治的村民死的死，走的走；当他的“身子像一堆乱石一样慢慢地僵硬了”的时候，一个奇迹的卡西克的故事也孤独地落幕了。卡西克在墨西哥很典型，在墨西哥既存在地区性的卡西克主义，也存在国家范围的卡西克主义。国家政治的稳定同卡西克主义有很大关系，因为每个卡西克（下达命令，并依靠这些命令）统治国家交给他们的某个地区。这样，一个卡西克的死和一个村子的死，就成为那个时代的象征。

胡安·鲁尔福说：“如果是这样的话，那是因为它开拓了通向世界各地区的道路。”

谜语的制造者

塞林格和《九故事》

把短篇小说写到让人着迷的程度的作家，我感觉有这么几位，他们是：惜墨如金的“书生士兵”巴别尔（俄国）、把小说当童话写的卡尔维诺（意大利）、用智慧构筑叙述迷宫的博尔赫斯（阿根廷）、把幽默品质真正带进小说的辛格（美国）、“冰山理论”的提出者和实践者海明威（美国）。

这几位的写作，在世界文学史上，从形式到内容，都有着各自鲜明的“某某式”印记，这是他们在广阔的文坛上亮出的历久弥新的招牌，这也是他们给小说这一行当留下的丰富遗产。但是，无论这几位的创作“招牌”被后人举得多高，我看中的，只是他们小说中显示出的一个共同的特性：就是当我们合上那些小说之后，他们讲述的故事并没有随着阅读的结束而结束，故事中的人物、场景和事情总是长时间地和我们在一起——从眼光投射到第一行文字便忘记时间的存在，到抬起眼光离开最后一行文字，便开始被这个故事无休止地纠缠——

他们的小说就是如此让人着迷。他们的小说为我们打通了一条从文学世界延伸到现实生活中的道路，他们没有“说教”目的，但我们愿意拿他们的小说去“指导”生活。在这条路上我们不仅感受到阅读的乐趣，而且有一股力量让阅读向书外延伸，让我们感受人的丰富，并且不自觉地去思考和寻找关于人的种种问题，比如人的苦痛人的来路等等。对此，他们的小说并不提供答案，只是提供丰富的永不过时的生活事实，让经由事实产生的想象与现实生活对接。

现在，我的令人着迷的短篇小说作家名单中又增加了一位——J. D. 塞林格——在小说中制造谜语的人。

塞林格对我而言并不陌生。我知道他那部著名小说——《麦田里的守望者》为一个时代画上了印记，“麦田里的守望者”几乎成为他的代名词，他制造了这个词并让一个人物形象永远地站在了这个词后边，从此这个词成为一个象征意味突出的经典意象常常被人们挂在嘴边。十多年前我正青春的时候读过这部至今仍在全世界畅销的青春小说。当时，小说里叛逆、不学无术、满嘴粗话的主人公霍尔顿一度成为我的知音，我曾以为霍尔顿的生活就是我要的生活，大言不惭地将小说里的那句名言——一个不成熟男子的标志是他愿意为某种事业英勇地死去，一个成熟男子的标志是他愿意为某种事业卑贱地活着——写到女同学的留言本里。不过也是在那时，我略略知道了小说的某种形式，以为小说就是像霍尔顿那样说话。后来我还知道，成名后的塞林格过着神秘而怪诞的隐居生活，他在有山有水的乡间购置大片土地，但只在山顶筑一所小屋，周围种上许多树木，外围拉上铁丝网，网上装上报警器，把自己与外界隔离开来。他从不接受来访者，也很少在公众场合露面，但他写作勤奋，据说他特地为自己造了一个只有一扇天窗的水泥斗室作书房，每天早晨八点半带了饭盒入内写作，直到下午五点半才出来，家里任何人都不准进去打扰他。他完成的作品数量可观，但拿出来发表的十分有限，十余年中他只发表了二十多个短篇。也因为如此，塞林格成为一个谜一样的人物从而倍受外界关注。

十多年后的今天，我读到了他薄薄的两本短篇小说集——《九故事》和《弗兰妮与祖伊》，读后我才发现，我并不了解塞林格，他的短篇小说掀开的他内心世界的一角，让我觉得如此陌生，就像面对深邃的大海那般陌生。不过我深信不疑的是，他并不只是那个靠一部自传性质的《麦田里的守望者》偶然走红的“霍尔顿”，他神秘而怪诞的与世隔绝的生活方式也不是像有些人说的“为了声誉而故弄玄虚”，这两本薄书既宣告了他选择“神秘”生活方式的理由——他忠于自己孤独而理想的内心世界，也宣告了他小说创作的成就。他用“冰山一角”的叙述制造了现实生活的谜语。

他的短篇小说究竟开辟了一条怎样的“塞林格式”的小说道路？他究竟是如何到达这一目的地的？要理解塞林格的独特，必须先廓清当下小说写作的歧途，用一句话可以概括——陷入了故事的泥潭，放弃了表达的追求。我觉得，不是小说要不要故事的问题，而是要什么故事的问题。我们的小说在经历了“先锋探索”的晦涩之后开始回归“故事”与读者握手言欢，一时间，中国小说成为“故事”的最大制造工厂。毫不夸张地说，目前我们的小说已经从一门探索精神的艺术品堕落成感官“故事”的消费品了。殊不知，当“故事”“传奇”变成小说的全部时，生活却溜走了。伍尔夫说：“没有生活，恐怕别的一切都不值得去写。”生活是有味的，一日三餐的烟火味，劳碌奔波的汗味，男女相处的体味，矛盾冲突的焦煳味……如果小说放弃了对这些气味的辨识，就等于放弃了生活，就等于放弃了对人的精神世界的探求。所以伍尔夫在半个多世纪前就对青年小说家发出了这样的呼喊：“让我们描出每一事每一景给意识印上的（不管表面看来多么互无关系、全不连贯的）痕迹吧。让我们不要想当然地认为通常所谓的大事要比通常所谓的小事包含着更充实的生活吧。”小说写不写故事？当然写。但小说不写由表面逻辑推进的故事或者说感官的故事，小说应该写由人性作为动力推动的故事或者说心灵的故事。以故事作为要素进入小说，最重要的前提是要具有说服力，故事能够有足够的精神动力自己主宰自己的命运，它所展示出来有关生活的本质才能说服聪明的读者，才能真正显示小说的自由。

再说表达。一位评论家这样表述当前小说在表达形式上的无能，他说：“他们没有能力在一派零散驳杂的经验中创造自己的形式。每当写到现实生活，他们就变成了犁地的农夫，从这头推到那头，他们本应是建筑师，以零散的砖瓦建造出一幢楼阁。他们所写的基本上都是已知的小说、过去的小说，很少现在的、未知的小说。”小说家在表达上变成了“从这头推到那头”的“犁地的农夫”，这一概括无疑是形象而准确的。我们拿出宝贵的时间去阅读那些小说，渴望找到一些乐趣，就像我们找一个人聊天，多么希望那个人说话风趣轻松，可是那些小说表达太“老实”，太“一本正经”，让我们的阅读变得索然无味，生活中的一点滋味被小说的表达挤干了。问题出在小说家们太懒惰，他们不想动脑筋去思考有“难度的”“丰满的”“智慧的”表达语言和形式，他们以为有一个吸引眼球的“故事”就足够了，这是对小说的误解。叔本华没有写过小说，但他说了一句关于小说的名言，他说："小说就是让小小的事情变得兴味盎然。""兴味盎然"或许应该成为小说家在表达上的一种追求——如何将最准确的词语放在最妥帖的位置？如何选择唯一的形式去表达唯一的故事？这是小说家表达风格形成所必须去寻找答案的两个问题。小说表达的基本技巧已经不再是秘密，小说家在表达上的突破将变得异常艰难，因为要突破已知的表达技巧和常识已经不再是形式问题，而变成了一个小说家"如何发现世界如何想象世界"的问题。当前小说放弃表达上的追求，实际上暗示着小说家创造力的退化，也暗示着我们这个时代在小说这一伟大文体上的无所作为。

塞林格的短篇小说有没有讲"故事"？有，而且讲得兴味盎然。只不过他没有讲那些新、奇、怪的带有传奇性的"大"故事，他讲的都是"小"故事，故事小到与生活平起平坐，甚至小到了与生活混为一团。我们无法分清他的小说与生活的界限，但他笔下的那些最普通不过平常不过的人、事、物却真真切切地在"小说"这样一个舞台上生活着。打个比方，小说在塞林格这里是一个空画框，他没有用这个画框去装裱画作，而是把它当作窗户，去看生活中的人来人往、是是非非，所以生活的流动性和不确定性都留在了这空画框里，这就是塞林格的独特所在。在塞林格的小说里"生活"是大于"故事"的，这里的"生活"至少显示出了这样几条特质：一是生活本身并不显示意义，意义只存在于生活的象征里；二是生活是一个个鲜活的片段，生活不是偶然，它回避"故事"；三是生活的"伴侣"是人，表达生活就是为人寻找产生想象的事实。塞林格的短篇写的全是生活的"小"故事，不仅写得简约省略，而且写得遮遮掩掩，却不经意间弄出了"大动静"。这一点看似分享了海明威的"冰山理论"成果——文字表达出来的东西只是海面上的八分之一，而八分之七是在海面以下——事实上，塞林格比海明威走得更远，海明威“海面以下八分之七”的生活的真实可以在小说中“打捞”得到，但塞林格的“海面以下八分之七”的生活的真实或许永远“打捞”不到，因为塞林格露出海面八分之一的冰山在他笔下也是闪烁其词的，但谁也无法否认它的存在，这是塞林格小说制造的一种“谜语式”的生活的真实。

《九故事》中第一篇小说叫《逮香蕉鱼的最佳日子》。小说不足一万字，由三个场景构成：是旅馆 507 号房间、海边的沙滩上、回 507 房间的电梯里。在旅馆的 507 号房间里，年轻姑娘穆里尔等待了几个小时终于接到了母亲的电话，一场没完没了的甚至有些婆婆妈妈的对话便开始了。“今年的时装有什么新情况?”“你的软底低跟便鞋怎么样?”“你真的没事儿吗?”“我都跟你说了快一百遍了。”……这些看起来无关紧要、婆婆妈妈的对话似乎更适合一个母亲与女儿之间的交流——母亲担心女儿，女儿不耐烦母亲。排除了这些婆婆妈妈的对话中的琐碎内容和对人物无关紧要的行为的描写，一些有效的信息从母女的对话中浮现出来：年轻姑娘穆里尔喜欢上了年轻士兵西蒙，在战争中西蒙的精神受到创伤，随时会“完完全全失去对自己的控制”，穆里尔的父母不赞成两人在一起，但穆里尔坚持自己的想法。西蒙开车，他们一起到海滨度假。穆里尔母亲担心不已，在电话里反复问女儿，“你真的没事儿吗?”海滩上，一个年轻人仰面躺着，一个叫西比尔的有些淘气的小姑娘跑到他身边来，他们有一搭没一搭地聊了许多无关紧要的话题：看过什么书？你的星座是什么？喜欢什么？等等。他们似乎聊够了，年轻人建议西比尔一起下海去，看能不能逮到一条香蕉鱼，不知道是否真有一种叫“香蕉鱼”的鱼，因为年轻人的解释漏洞百出，尽管他的描述真实无比："它们游到一个洞里去，那儿有许多香蕉。它们游进去时还是样子很普通的鱼。可是它们一进了洞，就馋得跟猪一样了。嘿，我就知道有那么一些香蕉鱼，它们游进一个香蕉洞，居然吃了足足有七十八根香蕉。""它们吃得太胖了，就再也没法从洞里出来了。连挤都挤不出洞口了。""它们得了香蕉热。那是一种可怕的病。"年轻人推着气床往海里走，西比尔躺在气床上，水快没到年轻人的肩膀时，西比尔说看到了香蕉鱼，说嘴里还叼着六根香蕉呢！塞林格的这段有关香蕉鱼的描述，除了让我们为这个小说怪怪的题目找到一点根据外，主人公真实的内心生活让我们的阅读陷入了一个巨大的谜团当中：西比尔是否真正看到了嘴叼六根香蕉的香蕉鱼？香蕉鱼是不是某种生活的隐喻？年轻人从海里上岸，与西比尔快乐轻盈的奔跑不同，他朝旅馆走去的步子缓慢沉重。年轻人和一个女人进了电梯，电梯开动后，年轻人对那女的说："我看到你在瞧我的脚。"那女的说："对不起，刚才我是在看地板。"年轻人发怒了："要是你想看我的脚，就直说好了，别他妈的这么鬼鬼祟祟的。"电梯门一开女的就逃走了。年轻人回到507号房，他瞥了一眼睡在单人床上的姑娘，从行李箱底部拿出一把自动手枪，朝自己的右侧太阳穴开了一枪。

小说虽然结束了，但这个小说留给我的思考却远远没有结束。年轻姑娘穆里尔和小说后两部分没有提到名字但我已知道他叫西蒙的年轻人，他们生活的世界像谜语一样摆在了我面前。塞林格并没有告诉我他们的爱情以及姑娘等待西蒙从战场归来时的心境，还有他们应对姑娘父母的情形，这些传奇小说的元素被这个只有三个场景的小说"过滤"了，只留下一段可以随时继续和随时结束的生活片段给我们，让我们去完成小说中的生活。从这个角度说，塞林格真正把握了小说应该占据的空间——实际生活与想象之间的空间，也把握了生活的某种本质性——片段的、即时的、宿命的“在场”。正因为如此，在塞林格小说制造的生活谜语面前，有关生活的形而上的话题才得以长久地展开，与任何一部长篇巨著相比，这些短篇毫不逊色。

像《逮香蕉鱼的最佳日子》一样，塞林格的《嘴唇美丽而我的双眸澄碧》《为埃斯米而作》等其他短篇小说显示了同样的“塞林格式”的谜语风格。他写的每一个人每一个场景无不细密而真切，像画面一样出现在你面前，但人物对话的潜台词和场景细节的象征意味总是诱惑你不得不“驻足”而思，而谜语套谜语的叙述，又让阅读的吸引力保持到小说的最后一页。正因为叙述上的“有意识”，塞林格让随时可能昏昏入睡的小说生活散发出与众不同的光芒来。对话和细节是他擅长的表达“武器”，他好多短篇几乎就由对话组成，有时候他把对话当成小说结构，人物形象和故事逻辑都在对话中完成。对话让他的小说具有了强烈的现场感，而细节让他的小说显示出前所未有的真实。塞林格热衷于叙事中一些“非正当”，即看起来毫不重要的细节描写，他如此做似乎在颠覆“小说要提炼生活”的传统，将一个可能高于生活的故事，用“非正当”细节描写的手段不停地拉近与生活的距离。生活是没有答案的，所以塞林格小说的谜语也没有答案，因为他把小说里的生活看得比什么都重。

阅读塞林格是一次令我着迷的阅读旅程，小说作为解密生活的手段在这里得到了充分的验证，尽管他只是一个生活谜语的制造者，但他让我们觉得这样的小说对我们是如此重要。或许时间会证明，《麦田里的守望者》给塞林格带来了巨大声誉，而真正让他不朽的则是他的《九故事》等短篇小说。

2010 年 1 月 27 日，塞林格在位于新罕布什尔州的家中逝世，享年九十一岁。他用短篇小说为生活制造谜语，用隐居为自己的人生制造谜语，他是个一以贯之的人，从不提供谜底。《麦田的守望者》出版成名之时，塞林格只有三十二岁。四十二岁和四十四岁时，塞林格分别出版了《弗兰妮与祖伊》及《抬高房梁，木匠们/西摩：小传》两本短篇小说集。1965 年，塞林格四十六岁，他在《纽约客》杂志上发表了中篇小说《哈普沃兹 16，1924》，此后，他和他的文字便沉默了，再也没有出现在读者面前，直到他去世。所以有人说，塞林格是世界范围内名气最大却作品最少的作家。这四十六年里，塞林格依旧在写作么?《纽约时报》说："这个问题一直困扰着塞林格学家们，他们对此有各种各样的理论。他一个字也没写；或者他一直在写，但像果戈理那样，会在生命终结时，将手稿付之一炬；又或者他有无数卷宗，只等在死后发表。"

谜底终将会揭晓，在这样一个无所不能的时代，塞林格那销声匿迹的四十六年终将被热热闹闹、真真假假地还原出来。不过，塞林格已经无法主宰自己身后的这些事了，尽管这是塞林格不太喜欢的，塞林格说："不出版作品有一种不可思议的平静。出版是对隐私可怕的入侵。我喜欢写作。我热爱写作，但是我只为我自己写，只为我自身的愉悦而写。"

《麦田里的守望者》中有这样一段文字："不管怎样，我老是在想象，有那么一群小孩子在一大块麦田里做游戏。几千几万个小孩子，附近没有一个人——一个大人，我是说——除了我。我呢，就站在那混账的悬崖边。我的职务是在那儿守望，要是有哪个孩子往悬崖边奔来，我就把他捉住——我整天就干这样的事。我只想当个麦田里的守望者！”塞林格死后，麦田里还有那位孤独的守望者吗？

不过值得庆幸的是，他的小说为生活制造的谜语将一直包围我们，引我们去猜测，有时候，谜语比谜底更有意思。

得救之道，道如刀锋

毛姆和《刀锋》

毛姆的三顶帽子

毛姆是我越来越喜欢的小说家。

一位诗人说，文学的墓园里，林立着无数无名者的墓碑。此话不假，但还有一个事实是，纵使那些著名者的墓碑，也有很多正在慢慢褪色，慢慢被人遗忘。

幸运如毛姆者——这位“我只不过是二流作家中排在前面的一个”的自嘲者一直不曾被今天的读者遗忘——毕竟少之又少。优胜劣汰，文坛也如奥运会赛场，你争我夺，裁判员是公正的时间，一时虚名还是一世英名，自有定论。只有那些真正而又纯粹地写出了“文学性”的作家，他们的墓碑在文学的墓园里才被人永久祭奠。

有一类作家，似老酒，越陈越香，越品越有味儿。比如毛姆。

我喜欢喝毛姆这坛老酒，理由有三：一是毛姆的小说对生活、人生充满智慧的表达，而智慧的忠实“伴侣”是幽默。无论机智幽默，还是尖酸刻薄，他都能一针见血地洞察人事，读后不是让人击节叫好，就是哑然失笑。从这点上来说，咱们中国的钱钟书跟他有得一比，只是钱有“卖弄”幽默之嫌疑，而毛姆呢，多有“玩世”之倾向；钱氏幽默由“像”“如”等比喻构成，而毛氏幽默是由格言式的表达构成。当然无论哪种幽默，只要是真正的智慧，都是对人的胃口的。别忘了“幽默”一词源自拉丁文，是“液体”的意思，故幽默如水，人人都欢迎。“青年男子能做一个上了相当年纪女子的情人，是再好没有的教育。”“克服肉体欲望的最好办法往往就是让它得到满足。”“我的心都要跳到嘴里来，要费很大的劲才能咽得下去。”“这一生留在世界上的痕迹并不比石子投入河中留在水面上的痕迹多。”（引文选自《刀锋》）……这样的句子，在毛姆的小说里俯拾皆是，厉害的是，这些句子不是叙述里边“万绿丛中一点红”式的点缀，而是小说人物形象的构成要素之一，所以我送毛姆一顶帽子：“幽默大师。”

二是他在小说中有探讨终极意义、终极价值的勇气。“人生是为了什么?”这是小说《刀锋》的主人公拉里自始至终不断地问自己的一个问题。您说这问题有答案吗？即使有，也有至少一千种，“答案比问题还要多。”而毛姆就是跟这一问题较上劲儿了，他让拉里放弃唾手可得的爱情、工作，而不断地去寻找安身立命之道，去荒凉的矿山、农场“劳其筋骨”，去遥远的东方“苦其心志”，过上了拉里的前女友所说的“不实际”“不可思议”的生活。毛姆居然让拉里找到了“得救之道”——即无我和无求的自我完善之道，像咱们的老庄哲学。难道这就是人生的意义吗？但是毛姆这么认为。不管你是否认同毛姆的观点，但他用小说表述了这一观点，提醒我们在过于务实的日子里务务虚。我们时常抱怨当下小说脱离现实生活，实际上小说真正脱离的是人们的精神现实。我们的小说把自己放得太低，故事被物欲俘虏，以致放弃了对一些终极价值的追问，而做形而上的终极追求，才致使我们动物似的生存。毛姆有这种探讨终极价值的勇气，让小说又昂起它高贵的精神头颅来，值得我们称赞。毛姆的小说提醒了我们该怎样去活，所以我送给他的第二顶帽子是：他是合格的“人生导师”。

三是他的故事不故弄玄虚，读者感觉亲切，但又“纯粹”，有着“文学性”，脱俗。毛姆很会讲故事，有人说他是“二十世纪最会讲故事的人之一”“绝代的流行作家”。什么叫“会讲故事”？有两个条件：好看、有味。二者缺一不成，缺了前者，就有故弄玄虚之嫌，不吸引人；缺了后者，就会落入俗套，缺乏训诫功能。毛姆的小说《面纱》，有一个偷情的故事外壳，而它的内里包裹的是灾难之中的大爱与男女私情的小爱之间的较量。毛姆的视野很开阔，观点很明确，他给出的答案是让人感觉温暖的，灾难之中的同情、奉献以及牵挂让两人的情感重归于好，尽管男主角死了，但让女人明白了她需要什么样的爱。故事好看而有味儿，他的小说大多如此。于是，我给他的第三顶帽子是“故事大王”。

我送给毛姆的三顶帽子对应了毛姆小说的三种品格：智慧、高蹈和亲切。写小说不就是较量个智力、深刻和观感，要不要小说作甚？我不知道是否因为自己对毛姆的偏爱，而毫不吝啬地将“三顶桂冠”都戴在了他一人头上，这是否有点耸人听闻？我们知道，在写作这个只靠一颗脑袋一台电脑便可开工的行当里头，获得其中一顶桂冠，便已经是登堂入室了，何况三顶。无论如何，这位生前被评论家称为流行作家、他自嘲为二流作家的作家，早已被读者抬入了大师的殿堂，被不断阅读，不断谈论。

“刀锋”之问

我想谈论的是他的《刀锋》。

毛姆之所以给这个小说取名《刀锋》，似乎可以从扉页的引言看出端倪。“一把刀的锋刃很不容易越过；因此智者说得救之道是困难的。”

这句话出自《迦陀·奥义书》——《奥义书》是古印度的智慧之书，相当于圣人语录吧——这句话对读者是个吸引，有人说自己就因这句话就判断这本书靠谱，圣人之言成为读者买书的广告，看来毛姆用这句格言用对了。但也有读者说这句话让人似懂非懂，摸着了头脑又摸不着头脑。我也觉得这句话不顺当，得救之道是困难，但一把刀的锋刃如何不容易越过？多义而模糊，难道这就是圣人之语的威力？

上面是周煦良先生的译文，系上海文艺出版社出版的《刀锋》版本；《刀锋》还有另一个版本，是湖南人民出版社出版的，秭佩先生的译文，将这句话译成：“剃刀锋利，越之不易；智者有云，得渡人稀。”这两种译文意义相近。后来有读者对比了毛姆原文后在网上撰文，认为翻译有问题，应翻译为：寻找真知、解救自我的过程是艰难的，就像行走在锋利的刀锋上，所以智者说得道是困难的。简言之便是：得救之道如刀锋般锋利难行。如此理解既符合中文逻辑，也是对书名“刀锋”的一种阐释。

得救之道——得救什么？谁需要得救？如何得救？

难道我们已经坠入了深渊么，需要得救？如果是，难道有一条道路是通往得救的道路么？走上这条得救之道的人都能如愿以偿么？

很显然，这一连串的发问，已经不是这部小说致力回答的问题了，毛姆说他这本书并不想“阐述所谓《奥义书》的哲学体系”，他说：“我懂得太少了，但即使懂得很多，这也不是阐述《奥义书》的地方……我想的只是拉里。”

不过对我们读者来说，《刀锋》里那个“吃饱了撑的”拉里，他的所作所为、一言一行，已经是作为迈上得救之道的榜样而存在了。

其实，我们的困惑和拉里的困惑是一样的，拉里反复问自己，也反复问别人：“你没法子不问自己，人生究竟是为了什么，人生究竟有没有意义，还仅仅是盲目命运造成的一出糊里糊涂的悲剧。”“我想弄清楚为什么世界上会有恶。我想要知道我的灵魂是不是不灭，还是我死后一切都完了。”但我们与拉里不一样的是，我们一般情况下不会去追问如此“虚”的问题，我们更在乎“实”的问题：谁赚了多少钱，谁混得怎么样，房子和白菜的价格怎么样等等。不是我们刻意要回避拉里的问题，跟贫穷和富贵也没关系，而是将我们推向这一问题的人生契机还没有到来。这人生契机多是事关生死的某次偶然事故的降临。

我有一个朋友属于名利野心膨胀的那类，常围在领导身边，鞍前马后，虽时有抱怨混得很难，但对职务升迁和过上“人上人”的生活仍信心满满。一次领导派他到山区出差，返回路上，大巴摔下山崖，全车死了31人，活了4人，我朋友血肉模糊地从摔扁的车里爬出来，是唯一身体无大碍的一个。从此以后，朋友像换了个人，以前那个“上进”的人不见了，变成了一个“不思进取”、看淡一切的人。他说，我从死人堆里爬出来捡了条命，我知道该怎么活了。

我朋友一摔摔“醒”了，也像拉里一样去思考人生的意义了。拉里由一个性格开朗、充满活力的男孩，变成一个眼里满含忧郁、有些沉默寡言并不断追问“人生究竟是为了什么”的青年，也是源自一次人生变故的发生。第一次世界大战期间，美国青年拉里·达雷尔加入了在法国的一个飞行中队，在那里结识了同为飞行员的爱尔兰好友，这人平时精力充沛、勇敢，但在一次遭遇战中，因救拉里而牺牲。拉里目睹了好友的死亡，不久前还充满生命力的一个人，一瞬间只剩下一堆烂肉，对此时只有十八岁的拉里来说，他实在不知道这是为什么，一个人就像没有来过这个世界一样消失了。从此，拉里的人生被迷惘笼罩，他总想搞清楚世上为什么有恶和不幸、人活着究竟为了什么。战后回到家里，拉里不肯进大学去获得一张文凭，也不肯去找份让自己过得体面的工作，他过起“晃膀子”的日子，一心想探究人生的终极价值。

说到这里，我们大致明白拉里是个什么样的人了：退伍士兵、战争中心灵受过创伤、不想工作、不关心所谓前途，一心想探寻终极价值。读者会问，不工作，他吃什么？毛姆先生为他的人物想得挺周到，拉里每年可领到政府三千美元的补贴。拉里的物质欲望不强，三千块够他花了——他还曾想用这三千块养老婆，被姑娘拒绝了——他在乎的是精神满足。这样一个人，这样的人生观，围绕在他身边的人和事会是怎样的呢？这便是毛姆要讲述的故事了，这也构成了这部小说推进叙述的动力。

这一次，作为小说家的毛姆没有躲到幕后，而是直接走向台前本色出演，他将自己写进小说，变成小说里的一个角色：小有名声的作家毛姆——天知道小说里的毛姆是不是写这个小说的毛姆？故弄玄虚可是这帮人的拿手好戏。小说里的“作家毛姆”喜欢走来走去，一会儿芝加哥，一会儿伦敦，一会儿巴黎，一会儿中国，走来走去总会遇到各色人等，如果他总能遇到相同的那么几个人、并且对那几个人的事儿兴趣盎然的话，那么很有可能就是他虚构小说的开始了。事实上，这部小说就是这样结构起来的，所以小说显得流畅自然，似乎没费什么劲儿就写出来了。“作家毛姆”在这部小说里的作用有两个，一个是穿针引线，在小说需要谁的时候，他便遇上谁，然后一起吃吃喝喝打听“隐私”；另一个是插科打诨，他是故事的旁观者和参与者，那些够味的幽默大多出自他的口，说三道四，可是任何一个旁观者的特长。

伊莎贝尔的选择

小说开始了。“我”——作家毛姆——遇到了哪些人呢？

遇到了艾略特。毛姆的朋友，小说主要人物。艾略特可称得上人中极品，他是艺术鉴赏家，有眼光，有学问，靠在上流社会倒卖古董过着阔绰的日子；他又是大大的势利鬼，爱慕虚荣，只看社会地位和金钱判断一个人的价值。但他又是热心、厚道的朋友，他一生最大的“事业”是社会交际，人生的全部努力就是往上流社会里挤。终于挤进去了，一辈子热心与亲王、公爵、伯爵等厮混，参加过无数的宴会，他对宴会极其看重，哪次宴会没有邀请他，对于他就是一次侮辱。在老得快进棺材前，因一场上流社会的宴会没有请他，他就“哭得像小孩子一样”，觉得自己被上流社会抛弃了。在毛姆看来，艾略特是可怜的、可笑的、可爱的。

毛姆的朋友艾略特像一根线，牵出了另外的人物：伊莎贝尔和拉里。伊莎贝尔是艾略特的外甥女，前面提到的拉里是伊莎贝尔的男友。伊莎贝尔和拉里是小说的两个中心人物。小说开始时，拉里和伊莎贝尔订了婚，富翁的儿子格雷正追求伊莎贝尔。

伊莎贝尔喜欢拉里，拉里也喜欢伊莎贝尔。男孩风度潇洒，女孩俊俏秀气，两人境遇都宽裕。看着他们相爱，已届中年的作家毛姆艳羡不已，作家说："你想不出什么理由说他们结不了婚，而且结婚后不能一直幸福地生活下去。"可现实就是如此残酷，煮熟的鸭子还会飞，板上钉的钉也会脱落，这对相爱得令人心动的男女终究还是劳燕分飞了，什么原因呢？这里无关感情不深性格不合，无关第三者插足，也无关车子房子票子，用我们的话说是，"道不同，不相为谋。"就是人生价值、生活态度相左了。

因彼此相爱，对这段感情我们的女主角伊莎贝尔还是努力挽救过的。两个年轻人订婚之后，拉里可以进格雷父亲公司谋得一份好差，但拉里拒绝了，他提出要到巴黎去逛两年。伊莎贝尔著名的舅舅艾略特很赞成，以为拉里结婚之前去巴黎猎艳一番非常合适，但拉里在巴黎并没有找什么女人，他怪怪的，在住在大学旁边一个破旧旅馆里读那些深奥的心理学之类的书，一天读八到十个小时。两年之后，伊莎贝尔来到巴黎敦促拉里回去结婚，拉里说："我现在不能回去。我刚要入门：看见广大的精神领域在我面前展开，向我招手，我急切要去那里旅行。"在伊莎贝尔的说服下，拉里虽也同意结婚，但他要继续他的人生追问，不断阅读、旅行，去寻找"人活着有什么意义"的答案。伊莎贝尔在乎物质，拉里在乎精神，两人的冲突便发生了。

伊莎贝尔认为“一个人应当工作”，养家糊口，获取地位、财富，加入到火热的社会中来，而不是龟缩到自我的世界里去想那些“不实际的”问题。

伊莎贝尔有她的理由。她说：“我只是个平常、正常的女孩子。”这话没错，所谓的“平常、正常”是一个女孩子的梦想、爱好和欲望，以及爱人、被人爱，享有安宁、富足的物质生活，这一切都是正常的。所以，当小说开始描述伊莎贝尔与拉里在巴黎这段“激情澎湃”的论辩时，我感觉似曾相识。原来伊莎贝尔的这些话也是我妻子时常在我耳边唠叨的，我不得不佩服毛姆的厉害，他写到生活的深处去了。这一段女人内心的“宣言”毫不亚于莎士比亚戏剧的台词，直白、激情，所以我摘录于此，便于女人们强调自己的“主张”，便于男人们加强“记忆”。

伊莎贝尔说：“你不懂得你要求我的是什么。我年轻。我要找乐子。我要做别人家都做的事情。我要参加宴会，参加跳舞会，我要打高尔夫球和骑马。我要穿好衣服。你可懂得一个女孩子不能穿得跟她一起的那些人一样好，是什么滋味？……我甚至于连去一家像样的理发店做做头发也做不起。我不要坐电车和公共汽车到处跑；我要有自己的汽车……”伊莎贝尔说，“我当然想旅行。但不是这样旅行。我不愿意坐二等舱，也不愿意住三等旅馆，连个浴间都没有，吃饭都在小饭店里。”“我现在二十岁，再过十年我就老了，我要及时行乐。”“所有这些（指拉里的行为）全都是无聊的玩意儿。它不会使你有什么出息的。”

伊莎贝尔越说越激动，她还说了很多，当这一切说完时，她和拉里的婚约也要解除了。伊莎贝尔和一直追求她的富翁之子格雷结婚了，格雷可以给她这些，这也是一个女子“平常、正常”的选择。

小说从一九一九年开始，一直写到二十世纪三十年代中期，伊莎贝尔和拉里等人置身于二十世纪初的欧美社会。如此看来，百年以降，女人对物质的超强需求，以及将这种需求依附于男人身上的人生观并没有什么大的改观。如今在我们这个强调“和谐”的社会里，有女子说“宁在宝马里哭，不在自行车上笑”，得到了无数网民的应和，这应和声里有指责，但更多的是对辛酸现实的无奈点头。无数的婚姻实践也证明了女生“学得好，做得好，不如嫁得好”是一条行之有效的人生捷径。所以毛姆对伊莎贝尔婚姻选择的感慨是“结婚仍旧是女人最最满意的职业”。那么多年来，女权主义强调的女性独立、自立的主张在现实面前变得多么苍白无力，或许《圣经》里上帝让女人成为男人身上的肋骨并不是没有说服力的。

故事继续往前，拉里去找他的人生终极价值去了，伊莎贝尔和格雷走到一起，结婚生育，日子在富有和忙碌间流逝，格雷因 1929 年世界经济大萧条而破产，夫妻患难与共走过那段风雨季节。生活之船在平静的水面前行，一切看上去恬淡自然，但是，当作家毛姆再次偶遇伊莎贝尔时，伊莎贝尔把他当作了“苦水桶”，倒出了同样作为“正常、平常”女人的真实内心，她说她感激格雷，格雷使她过得非常幸福，但是她并不真正爱他。伊莎贝尔说：“一个人没有爱满可以过得下去。在我内心深处，我渴望的是拉里。”读到这里我不惊奇，世间无数的婚姻不尽如此，但我很感叹，要我怎么说女人们呢？因为物质你选择了你要的男人，你得到了，你又没有将爱给予这人；物质生活满足之后，你又向另外的男人要爱，如果另外的男人给予你爱了呢，你又要什么？婚姻不是爱情的坟墓，也不是爱情的堡垒，而是对爱情的反讽：让人在一起，而心在他处。虽然十年后，拉里又回到了伊莎贝尔的圈子，但毛姆并没有让拉里和伊莎贝尔的感情故事继续。这样处理我很喜欢，要是再演绎一番感情的“回马枪”故事，那就流俗了。

拉里之路

伊莎贝尔的选择没错，拉里的选择也没错，只不过两人走的是两条道而已。

拉里离开了伊莎贝尔，也离开了巴黎，为他心中的终极价值义无反顾地上路了，走上了一条探险似的道路，拉里也因此成为二十世纪早期物欲横流的欧美世界里的“精神独行侠”，毛姆认为拉里是“单身的狼”，“是那种除了走自己道路没有别的路好走的人。”当然，无论拉里走到哪里，他总能偶遇彼此感情并不深厚的作家毛姆，他也会向作家讲述自己的经历，要不我们如何知道拉里的寻找之路呢。

拉里在巴黎读了两年书，读书让他看到了一片敞开的精神天空，很绚烂，但这并不能为他提供人生终极意义的答案，他觉得从事几个月的体力劳动能使自己平静下来，他去了英国附近一家煤矿干体力活。几个月后，拉里和朋友流浪到德国一个农场打工，没想到被农场主粗野的寡媳骚扰，发生了荒唐的关系。拉里仓皇出逃，逃到波恩，在一间修道院住了三个月，宗教也不能给他指出一条出路。“如果一个至善和万能的上帝创造了世界，为什么他又创造恶呢?”难道人活着是为了“与上帝创造的恶斗争”?拉里觉得宗教也给不了他答案。接下来，拉里去欧洲漫游，在德国待了一年，在西班牙和意大利又待了些年，最后乘船去了印度。他接触到了轮回说，苦行修身，有了顿悟，拉里认为他找到了他想要的人生终极价值——人生最大的满足只能通过精神生活来体现，抱着无我和无求的态度，走一条通往自我完善的道路。

拉里说："我要生活在世界上，爱这世界上的一切，老实说不是为它们本身，而是为了它们里面的无限。"拉里找到了他的安身立命之道，他漫长的后半生将会如何度过呢？据毛姆先生说，拉里把自己的一点财产分给朋友后，返回美国，当一名卡车司机或者出租车司机，获取够生存的物质，隐身人海，我行我素，别无所求。

我们先不论拉里是否找到了真正的"人生终极价值"，所谓的"人生终极价值"，只是一种价值观念、生命观念而已，是人生的一种"信"，你相信什么，它便成为你人生行动的理由和动力。这种"信"只属于个人或一类人，但它在个体生命中是至上的，不受干扰的，它可能出自某种哲学或宗教的教义，但它一定是与个体的生命困惑、生命体验有过交锋、融合而形成的"信"。拉里经历漫长而艰辛的寻找，他找到了自己的"信"，即他自己的人生终极价值：无我、无求，自我完善，有爱，降低物质需求，获取最大的精神满足。但是我们发现，拉里绕了大半个地球去寻找，最终还是回到了他的原点，去当一名司机，从事一份自食其力的粗活。我们不禁会问，他不是可以从一开头就拥有现在的生活吗？但不是这样的，有"信"的日常生活与没有"信"的日常生活，看上去是一样的，其实它们不一样，那是境界的差异了，虽看山还是山，但山已经是心中之山——它壮阔、无垠、与天地融为一体了。

拉里"精神涅槃"的形象是人中龙凤，毛姆说："我是个俗人，是尘世中人；我只能对这类人中龙凤的光辉形象表示景慕，没法步他的后尘。”总有人会飞蛾扑火地步拉里的后尘，也总有人不会步他的后尘，因为拉里之路并不代表人类唯一的终极价值，也不代表人类唯一的行世标准，他只是一个丰富，让我们明了人类有拉里之路，也同样有伊莎贝尔的选择。

地球上人海茫茫，最丰富的是人，最有趣的也是人，从某种程度上来说，读这部小说就是读人，琢磨人，回味人。译者周煦良先生说：“本书最成功的还是人物塑造。”此话不假，除了艾略特、伊莎贝尔之外，还有两个与拉里关系密切的人作者也用力不少，两个女人，一个是索菲，一个是苏珊。索菲与拉里订婚了，两人要结婚的前三天索菲失踪了。照毛姆的话说，索菲是个堕落的女人，其实在堕落之前索菲是个好女人，她是个在乎情感的女人，她有她深爱的丈夫和可爱的儿子，但一场突如其来的车祸让她一瞬间失去了这幸福的一切，她用自暴自弃和吸食鸦片的方式来报复这一切的不公。当拉里企图走进她的世界时，她破碎的情感记忆让她拒绝了，她失踪了，最后出于无法获知的原因死在了海边。

苏珊呢？是长期被不同人包养的情妇和人体模特，她一度几乎爱上了拉里，她喜欢拉里的温柔和宽容。她一无所有，但她很精明。她说女人是很不幸的，一堕入情网就不可爱了，她为了不上这个当，主动离开了拉里。至于拉里为什么愿意在不同时期和这两个女人待在一起，或许是他的怜惜和宽容，抑或是两个女人愿意和他待在一起。两个女人终究都离开了拉里，这似乎也没什么值得遗憾的。因为最后拉里从印度返回时，他已经有了自己的人生信条：不急躁，对人随和，慈悲为怀，丢掉一个我字，不近女色。

可爱的人物

尽管毛姆对他笔下的人物给予了复杂而丰富的描述，为了便于说明，我还是将其条分缕析地简单化了。如果说小说里边每个人都有自己活着的意义，或者说都有人生的终极价值的话，我以为，艾略特追求的是社会地位；伊莎贝尔追求的是物质享受；索菲追求的是纯粹情感；拉里追求的是精神满足。这几个人几乎囊括了人生所有的意义价值，每一种追求都有它自身的理由，不存在孰是孰非，只是一种选择而已。

如果要我给“活着的意义”一个答案的话，我愿意把他们四人综合起来：艾略特、伊莎贝尔、索菲和拉里的生活综合起来，就是有意义的生活，既有精神追求，又有物质享受，哪一面都不偏废。这些人物，每一个都很可爱，每一个我都喜欢，在我内心深处，我更欣赏拉里，因为我是俗人，我们更多的人是俗人，物质欲望已经蒙蔽了我们的双眼，我们已经得不到精神满足了，我们更希望拉里成为我们的一面镜子，照到自己的另一面。即使我们有了拉里这样一面镜子，但是我们真的有勇气像拉里那样，放下一切，迈出第一步吗？

也正因为我们无法舍弃我们所拥有的像藤蔓一样缠绕在一起的社会关系、家庭关系、物质关系，无法做到像拉里一样“赤条条”地去探寻精神上的满足，所以，我们更加欣赏拉里，他成为我们现实生活中的一个影子，成为我们内心深处的一个梦。

对于这部小说，毛姆感到过惶惑，他在小说开头便说：“我叫它小说，只是因为除了小说以外，想不出能叫它什么。故事是几乎没有可述的，结局既不是死，也不是结婚。……我写到末尾，还是使读者摸不着边际。”毛姆的惶惑有些多余了，今天的读者并没有摸不着边际，我们已经厌倦了千篇一律的悲欢离合、卿卿我我、异想天开的故事，相反，这部人物画卷徐徐展开的小说带给了我们许多亲切感。艾略特虽然势利但他热情厚道，伊莎贝尔虽然是个物质女人但她忠诚，能与丈夫患难与共，拉里虽然追求甚高但有时也过于自我。总之毛姆笔下的这些人物都是一些可爱的人，他们有血有肉，有长处也有短处，这些喋喋不休、走来走去的人物就像活在我们身边一样，我们会在亲人和朋友中找“艾略特”“伊莎贝尔”“拉里”等人，然后对号入座，有时为了避讳和免得麻烦，我们甚至用“某某某”来代替真名，说“某某某”就是艾略特，心照不宣而诡秘地哈哈大笑起来。

行将读完这部小说时，我脑海中浮现出一个朋友的样子，我确认他就是拉里。朋友清瘦白皙，留着男人少有的马尾巴，穿着美国大兵式的黄帆布衣，脚登大头鞋，即使夏天也是这副装扮，很艺术的样子。他从北京电影学院摄影系毕业后，到一家小报做了摄影记者，那时我们有一个由记者、编辑组成的小圈子，经常在酒吧聚会，他也加入到中间来，我们认识后成为聊得来的朋友。他说他这辈子都不会结婚，他一生的梦想是背包走遍中国偏远的山乡，享受、记录那里原始的美，他工作只是为了攒钱实现梦想。很长时间不见他，每次见他，他都风尘仆仆的，兴奋地跟我讲哪里的山里头有一个很老的寺庙，以及他住在那里的感受。多年后，我结婚了，搬出了单身宿舍，我们那个松散的小圈子也解散了，朋友们各自为车子房子票子奔波去了，只有那个朋友一直在为心中的梦想而活，有时我会想起他，但也不曾联系了。多年后的一个中午，我下班回家，偶然碰到了打扮没变、同样风尘仆仆的朋友，他只是更加清瘦更加白皙了，我们还能一眼认出彼此，他说他从云南刚回，现在为电视台拍些片子。我问，还一个人？他说，还一个人。我问走了很多地方吧？他说是的，过几天再去贵州。他急着去电视台，我们握手告别，他跨上自行车，马尾巴依旧那样长。望着他离去的背影，我在想，常在外跑的人，怎么越来越白皙，像女人那样？很多年又过去了，我没有再见到那位朋友。

小时候读书，读到一些美丽的句子，会工整地抄到一个硬壳笔记本上，现在不会了，因为到一定年纪对那些美丽的句子没了感觉，有感觉的是那些智慧的包含了见识和洞察力的朴素句子，尽管有感觉，也不会再抄到一个硬壳笔记本上了。在毛姆的《刀锋》里，那些闪着幽默光亮的智慧句子，像一棵榕树上的树叶那样多，它们勾起了我小时候抄句子的记忆，所以我在这里做一次重复“运动”，将它们抄写下来，一是表达我的赞赏，二是表达我对幼时抄书的怀想。

一件婚事把地位、财产、双方的处境都考虑到，要比爱情的结合好十倍。（艾略特语）

一个人什么都做不了时，他就成了作家。（毛姆语）

青年男子能做一个上了相当年纪女子的情人，是再好没有的教育。（艾略特语）

我们正开始一个新的时代，这将使过去时代的成就看上去就像几个小钱一样。（伊莎贝尔语）

他可能在追求一种虚无缥缈的理想——就像天文学家在寻找一颗只有数学计算说明其存在的星体一样。（毛姆语）

我喜欢你的是你的品德就像个妓院老板。（玛丽语）

你没法不意识到她们的生活就是为了保持自己的徐娘风韵在拼命

挣扎。（毛姆语）

我想女人和男人不同，女人天生是要牺牲自己的。（伊莎贝尔语）

爱情是个很不行的水手，你坐一次船，它就憔悴了。（伊莎贝尔语）

只要对老太婆献些殷勤，对名流的谈话，不管怎样腻味，你都洗耳恭听，便是一个举目无亲的人也能钻进社交界。（艾略特语）

我的心都要跳到嘴里来，要费很大的劲才能咽得下去。（伊莎贝尔语）

美国女人指望她们的丈夫十全十美，就同英国女人指望她们的男管家一样。（毛姆语）

克服肉体欲望的最好办法往往就是让它得到满足。（伊莎贝尔语）

这无异于爱上了水里的一个影子，或者一线阳光，或者天上的一块云。（苏珊语）

一个女人，你只要告诉她真情实话，就很容易使她讲理。（毛姆语）

一个作家成年累月地写一本书，也许呕心沥血才写成它，但是，被人随便放在那里，一直到无事可做时才会看它。想到这里，我感到抑然。（毛姆语）

……

冰与火的缠绕

哈代和《德伯家的苔丝》

哈代与《德伯家的苔丝》

哈代五十一岁的时候，完成了他的小说巅峰之作《德伯家的苔丝》。该书 1891 年秋在伦敦出版，距今已一百二十多年。一百二十年，很多东西早已灰飞烟灭，读者老了一茬又一茬，而文字在人们的目光中历久弥新，一本书的生命远远超过一个人的寿命，哈代和他的苔丝便永远“活”了下来。这就是经典的力量。

现在说《德伯家的苔丝》是巅峰之作、经典之作，已没人质疑，没人反对，这是小说与时间较量的结果，时间是经典的评委，是经典的试金石。一百多年了，一直有人忍不住被它吸引，被它感动，读有所获，这是一部书了不得的成就。而在一百一十八年以前，哈代将油墨还没完全干的《德伯家的苔丝》分章交由杂志连载时，事情远没这么简单，来自编辑的责难和部分读者的反对让这部“初试啼声”的小说开始了它毁誉参半的最初旅程。

先说编辑的责难。从1889年开始，哈代把《德伯家的苔丝》的一部分内容先后投给两家杂志社，但均以其中有不雅之处为由被退回。于是哈代把所谓不雅之处删去，把原稿部分改写，投寄给《图画周刊》——伦敦一种有插图的周刊，创始于1869年——才被接受，于1891年7月开始在该周刊上连载，同年12月刊完。

从原稿中删去的“不雅之处”有两处：一处是第十一章苔丝被亚雷·德伯强奸那一段；还有一处是第十四章苔丝半夜给私生的婴儿行洗礼的部分。用今天的“见识”来看这两处“不雅之处”，我们会说，与当今作家对相同内容的描述相比，真是小巫见大巫，当今作家对强奸的暴露性描述和对一个婴儿死去的残酷性描述，要比哈代“不雅”十倍、百倍。与当今作家对暴露和残酷所持的津津乐道的态度不同的是，哈代先生处理这两处情节时还是很节制和力求唯美的，他写苔丝被强奸最直接的一段也不过如此：“他（亚雷·德伯）跪了下去，把腰弯得更低，她（苔丝）喘的气暖烘烘地触到他脸上，他的脸也一会儿就触到她脸上了。她正睡得很沉，眼毛上的眼泪还没全干。”含蓄而细腻，在我看来，这简直是对“苔丝受污”一次“圣洁”的描述，而这段描述就是当年编辑先生们在“审判”《德伯家的苔丝》时认为出格的地方，也是他们拒绝《德伯家的苔丝》在杂志上露面的堂而皇之的理由。

《德伯家的苔丝》在《图画周刊》发表时，哈代根据编辑意见，还把原稿有些部分进行了改动，比如在第二十三章里，苔丝和三个挤奶女工结伴去教堂做礼拜，可是夏天漫涨的河水淹没了她们必走的一段路，克莱先生刚好经过此地——或许是有意制造的“巧合”吧——于是提出把她们一个一个抱过这一段泥塘。当四个姑娘听到这种提议时，“四个人的脸一齐红起来，仿佛只有一颗心在四个人的身子里跳似的。”在表面上扭扭捏捏、半推半就而内心激动的期待之中，四个姑娘被克莱先生一个一个抱过了泥塘。在这里，哈代用细腻敏感的笔触对这一部分进行了精彩万分的渲染，让读者心旌摇荡。他极有耐心地一个一个描述了克莱先生抱每个人过泥塘的细节和感受，每一次身体的接触和每一次微小的喘息他都写得像战争场景一样扣人心弦。哈代觉得自己必须这样做，因为热恋中的人神经敏感得超过任何一只优秀的警犬，苔丝与克莱的炽烈爱情必须在一次身体的接触中，实质地向前推进。所以，克莱与四个姑娘的偶遇并抱她们过泥塘的情节，是这宗恋爱事件的必由之路，其中的细致描述不可回避，也不可避实就虚。哈代这样做了。于细微处发现真谛，这是一个大师的选择，也是一个大师之所以成为大师的与众不同之处。

但遗憾的是，这一不应回避也无法回避的“抱”，在《图画周刊》发表时改成了克莱用手推车把四个挤奶女工推过泥塘。这一令人发笑的改动，不仅削弱了小说的感染力，而且让一个伟大作家的心血付诸东流。看来，在维多利亚王朝时期，英国“男女授受不亲”的虚伪道德观念盛行，并不逊色于我们中国的封建王朝。

不过，在1891年秋全书首次正式出版时，哈代按原稿，将《德伯家的苔丝》分期发表时被删改的部分全部恢复原样，完整印行，分订三册。所以哈代在《原书第一版弁言》中特意提到了他的感谢，他说：“这些刊物的编辑和主办人让我现在能按照两年以前的原稿那样，把这部小说的躯干和肢体联到一起，全部印行，因此我对他们表示感谢。”我没有看到《德伯家的苔丝》那个蹩脚的删改版本，但我能理解一个作家不得已删改自己“孩子”时的心情。

再说读者的反对。前面提到的“不雅之处”，应该是编辑打着读者的旗号向哈代提出的，因为编辑是“读者这位上帝”喜好的揣摩者和执行者，编辑会充分利用这个权利的。事实上也是如此，当这本书出版并翻译成多种文字在各国出版后，读者对它的反对和攻击之声便不绝于耳。概括起来大致有三种声音：

一种是对小说价值观有悖伦理道德的驳论。哈代为小说加上了一个副题“纯洁的女人”，这一提法引起了教堂讲坛的抗议和批评家的谴责。他们认为一个小说家面对神圣的世界，竟然以失身女人作为小说的主角，而且竟公然断言她是一个“纯洁的女人”，这是大逆不道、有违文明礼法的。基督教认为，“在洁净的人，凡物都洁净，在污秽不幸的人，什么都不洁净。”你哈代认为失身的苔丝是一个洁净的人，那么你和你的小说的价值观便有大的问题，而且小说到最后以血案结局，没有写出“唯一能证明这个人灵魂得救”的可能。

另一种声音是无法忍受“一篇体面的小说”写了暴力、粗鄙的内容。比如苔丝受污、半夜给婴儿洗礼以及苔丝在公寓杀死了亚雷·德伯，血湿了天花板等内容，是那些高雅的绅士、小姐们所无法容忍的。

还有一种是号称“大腕”的批评家——哈代称他们是“公然自命为文坛的拳师”——“老找机会扼杀那一星半点尝试性的成就。”“总是故意曲解明显的意思，并且假借运用伟大历史方法的名义而攻击私人。”

对此三种声音，哈代在1892年7月的再版前言中一条一条作了针锋相对的反驳。三年后，当《德伯家的苔丝》再版时，哈代在前言中说了这样一段让人浮想联翩的话，他说："从这部书初版的时候起，到现在为止，时间虽然很短，而先前惹我发表那篇东西的批评者，却有些位已经'沉入寂静'了；这仿佛提醒我们，他们说了些什么，我们说了些什么，全都丝毫无关紧要。"这段话不得不让我们想到当下的文学及其文学批评，历史的一幕竟如此相似。我们文坛的那些"拳师"，或是出于私己的利益或是眼光的局限，他们抓住一些出色小说细微的不妥之处，大事攻击小说的整体成就和有价值的突破。在短时期内，他们的声音高亢而振振有词，仿佛占据了上风，其实过不了多久，他们的看法和声音便如哈代所说"沉入寂静"了。而那些出色而创新的小说却一版再版，一直热闹下去，如纳博科夫所说，"主义过时了，主义者们去世了，艺术却永远存留。"

尽管遭遇了编辑的责难和部分读者的反对，还是有一批忠实的读者跟随哈代的脚步一路走来，随着时间的推移，这队伍越来越庞大。他们醉心地阅读《德伯家的苔丝》，或许是沉入太深，他们甚至对哈代提出苛刻的恳求，要他给小说安排大团圆的结局。不过，更多的读者读懂了哈代也读懂了苔丝，他们能体味哈代在苔丝身上体现的善良、悲悯和忠诚，这些正是任何一个时代的人们所珍视的品质。读者不仅从这部质朴无比的小说中得到高贵品质的洗礼，甚至还挖掘出更多连作者都没有想到的美好正所谓常读常新。

所以，比哈代年轻四十二岁的英国著名小说家伍尔夫，在哈代去世不久后写下了《论托马斯·哈代的小说》一文。伍尔夫的评论一向刻薄尖锐，对很多著名作家给予了犀利而准确的批评，但是她被哈代所折服，真诚且毫不吝啬地将赞誉献给了她的前辈："如果我们打算把哈代置身于他的同辈伙伴之中，我们应该称他为英国小说家中最伟大的悲剧作家。”她以为，除了哈代之外，“没有任何其他作家的至高无上的地位能被人们所普遍接受，似乎没有谁如此自然地适合于人们顶礼膜拜。”“当他活着的时候，无论如何总算还有一位小说家可以使小说艺术似乎称得上是一桩光荣的事业。”

这是至高的评价，哈代受之无愧。无疑，人们出于对哈代的热爱，甚至将他提到了与莎士比亚比肩的地位，这样做，似乎也不太过分，因为在对英国并不很熟悉的人眼里，英国除了等于莎士比亚之外，还等于哈代。

说到哈代，我会想到另一个人——哈代的崇拜者、哈代诗的翻译者——风流多情、诗名远播的我国著名诗人徐志摩。他在 1926 年 7 月的一个下午到哈代府上谒见了哈代，据说，他是唯一一位见到了哈代本人的中国作家。正因为这一“据说”，给了我们想象空间，似乎一个中国诗人的手与哈代的手握在一起，让我们觉得我们离心中的偶像更亲近了些，他们关于中国话题的谈论，尽管有些局促和浅表，但至少让我们感觉《德伯家的苔丝》的作者对我们——一个遥远的国度——也是略知一二的。这里头有一种虚荣的满足感，这是吃了个好鸡蛋便想知道下蛋母鸡的心理表现，也是英雄崇拜的心理表现。徐志摩说：“我不讳我的‘英雄崇拜’。山，我们爱踹高的；人，我们为什么不愿意接近伟大的?”见到心中的英雄，我们会和徐志摩一样，“在美的神奇的启示中全身震荡。”

徐志摩去见哈代的时候，哈代已经很老了，他住在自己设计建造的住宅马克斯门，马克斯门位于多切斯特东南一英里处的艾灵顿大道。这是一座维多尼亚风格的红砖建筑，左边是一片茂密的森林，右边是一个绿草如茵的花园，带有哈代小说的田园风味。《德伯家的苔丝》在这里完成。女仆告诉徐志摩，哈代先生是永远不见客的。徐志摩深谙其道，递上哈代朋友狄更斯的引见信。朋友的信起了作用，如果没有这封信，徐志摩肯定吃闭门羹。哈代答应见见这位中国小伙。接下来，徐志摩用他富有激情的诗人笔调向我们描述了这位不同寻常的老头。

“这时候他斜着坐，一只手搁在台上，头微微低着，眼往下看，头顶全秃了，两边脑角上还各有一鬃也不全花的头发；他的脸盘粗看像是一个尖角往下的等边形三角，两颧像是特别宽，从宽浓的眉尖直扫下来束住在一个短促的下巴尖；他的眼不大，但是深邃的，往下看的时候多，不易看出颜色与表情。最特别的，最‘哈代的’，是他那连着两旁松松往下坠的夹腮皮。如他的眉眼只是忧郁的深沉，他的表情分明是厌倦与消极。不，他的脸是怪的，我从不曾见过这样耐人寻味的脸。他那上半部，秃得宽广的前额，着发的头角，你看了觉得好玩，正如一个孩子的头，使你感觉一种天真的趣味，但愈往下愈不好看，愈使你觉着难受，他那皱纹龟驳的脸皮正使你想起一块苍老的岩石，雷电的猛烈，风霜的侵陵，雨雪的剥蚀，苔藓的沾染，虫鸟的斑斓，什么时间与空间的变幻都在这上面遗留着痕迹！”

我从网上看过老年哈代的照片，与徐志摩的描述不差二字，只是徐志摩发明的“最‘哈代的’”的说法多少有些让人不知所云。不过，徐志摩还是让我们目睹了一个谦逊、正直、简朴的哈代。哈代拒绝了徐志摩拍照的请求，还说也不给他签名，他俯身到花园摘了一红一白两朵花，说给徐志摩当纪念。他们见面只有短短一个小时。“吝啬的老头，茶也不请客人喝一杯！”只有这一点，让徐志摩不爽，不过这是调皮的话，随后他说，“但谁还不满足，得到了这样难得的机会?”

机会的确难得！哈代在徐志摩见他的第二年——1928 年去世了，八十八岁，中国的米寿。不过，与世界上很多短寿的天才小说家相比，哈代已经活成“精”了。

苔丝：冰与火的缠绕

我用最简短的语言复述一下这个故事。《德伯家的苔丝》主要写了三个人，一个女人，两个男人——一个女人是苔丝·德伯：美丽善良、勤劳坚强；一个男人是亚雷·德伯：纨绔子弟、游手好闲；另一个男人是安玑·克莱：勤奋好学、有追求。苔丝家境贫苦，到冒牌的本家亚雷家谋得一个养鸡的活，在一次赶集回程途中，被蓄谋已久的亚雷强暴。苔丝受污回到父母家中，她不愿嫁给她不爱的亚雷，生下的婴孩不久死去。在家潜修静养了两三年的苔丝，第二次离家，她去了离故土很近的一家牛奶厂做挤奶工。在奶厂苔丝遇到了克莱，克莱出生牧师家庭，在奶厂学习生产与管理，准备将来开办农场，两人两情相悦，坠入爱河。他们结婚了，新婚之夜苔丝和盘托出了被强暴的经历，克莱无法接受，分室而卧一晚后，克莱丢下苔丝去了非洲。苔丝痛苦万分，但她并不绝望，她用爱和思念，一面赎自己的罪，一面等自己的丈夫。漫长的日子后，苔丝家再次陷入绝境，连落脚的房子都没有了。“魔鬼”亚雷再次现身，他帮助苔丝家，纠缠苔丝，苔丝再次与亚雷生活在一起，生活富足但不快乐。克莱从非洲回来了，人生的历练让他明白了他依然深爱着苔丝，他要找回苔丝。苔丝要做出选择了，在与亚雷的争吵中，她杀死了亚雷。苔丝在受到法律制裁之前回到了克莱的怀抱。最终，苔丝被执行死刑，克莱牵上了苔丝妹妹的手。

我以为，对一部历经百年、在世界多国出版的经典小说进行故事情节的复述，是一件愚蠢的事情。因为读过小说的人会认为多余，没读过小说的人认为乏味，让人左右为难。世界上的故事差不多都被讲完了，一部小说获得声誉、俘虏读者，靠的并不是故事情节——跌宕起伏的也好，荒诞不经的也好——而是故事情节背后的“秘密”，如人物的生活情怀、人物之间的微妙情感、似曾相识的生活感受、作者的人生态度、语言表达的张力等等，这些能让读者产生共鸣、得到提醒、有所收获的东西。应该说，以上复述的苔丝的故事——一个天使、一个魔鬼、一个英雄之间的纠葛，已经有了足够吸引人眼球的元素，这也构成了一部出色小说的一个前提——一个抓人的故事。五百字的故事梗概让人对四十万字的小说产生无限的想象，那里有相当大的空间需要填补。哈代并不想在故事上做简单的加减乘除，他要做的是人物命运的精妙的微积分。实质上，哈代在这个故事框架下，用更加丰富的生活细节、有感情的自然风物和人物之间的爱恨情仇，构筑了一个多人物命运的崭新世界，而走进这个世界与苔丝们拥抱，是我们每个读者要做的事情。

如果一部小说足够强大，即使它写的是百年前的故事，百年前的生活，百年前的人物，也永远能解决现代人的问题，或者将来的问题。一百多年前，《德伯家的苔丝》里边诸多的“不雅之处”，如女子身体贞洁、陌生男女身体接触、暴力场面渲染以及对苔丝是否纯洁的争论等等大问题，在今天，已经不是什么问题了，或者说不是什么大问题了。很多人表示不会在意婚前性行为，贞洁观念正在淡化；男女身体接触变得很正常；暴力事件时有发生、常被描述。文字之外还有无孔不入的视频，人们对暴力场面已经有了免疫力，不再会大惊小怪；苔丝式的女人是否纯洁早已不会成为一个话题了。

那么，时至今日，我们手捧《德伯家的苔丝》，仍然被苔丝吸引、被苔丝触动，那是为什么？吸引、触动我们的又是什么？苔丝面临的哪些问题是我们现在依然面临的问题？在我看来，至少有这样几个关键词或者说话题是我们无法绕开的。

选择——“苔丝·德伯式”的选择。

小说最后，苔丝杀了亚雷，与克莱一起逃亡，度过了短暂的缠绵时光。在被抓走之前，她对克莱说，“这本是必有的事。”“安玑，我总得算称心——不错，得算很称心！咱们这种幸福不会长久。这种幸福太过分了。我已经享够了；现在我不会亲眼看见你看不起我了!”“我停当啦，走吧!”这是苔丝留在人间最后的话，话虽是对克莱说的，但却是苔丝对自己行为的解释和一生的总结。“必有的事”“很称心”——这件事（杀死亚雷重回克莱怀抱）是必然要发生的，是我的选择，我不后悔，我很满意。“这种幸福太过分了，我已经享够。”——幸福对我的一生来说是如此短暂，如此奢侈，但我已经享受到了，在我爱的丈夫面前离开这个世界，我很满足。

这是苔丝的选择。苔丝一辈子生活在冰与火的纠缠之中，冰，是坚硬的，是物质的保障，但冰冷刺骨，冰是世俗的亚雷·德伯；火，是柔软的，是爱的激情舞蹈，但易引火烧身，火是理想化的安玑·克莱。苔丝忠诚于自己的内心，选择了激情的火，放弃了舒适物质的冰，或许，这正是哈代认为苔丝是个“纯洁的女人”——“一个心地坦白的人对于女主角的品格所下的评判”——的理由。她的身体受了污，但她的心灵白璧无瑕，她如飞蛾扑火般的选择自己的人生。这是一个悲剧人生，苔丝以杀死亚雷的方式与受污的身体和那段耻辱的经历告别，而重回克莱身边，是以放弃丰厚的物质生活和自己被处死为代价。对苔丝来说，每一次所谓幸福——物质幸福和精神幸福——的获得都伴随着毁灭，所以苔丝的每一次选择都异常艰难，选择意味着取舍，在取和舍之间，总是矛盾重重，困难重重。

选择的艰难：

一、家境贫苦需要物质帮助。尽管苔丝家祖上富贵风光，但到苔丝父辈这一代已经衰败无比了。苔丝父亲是乡下小贩，嗜酒，怠惰；母亲曾是挤奶工，虚荣，简单，家中一群小孩子，张着嘴要吃伸着手要穿；苔丝是长女，也不过十四五岁，稚嫩的肩膀扛下了全家的担子，在父母眼中她是德伯家全部的希望。正是因为贫穷，苔丝要去有钱的冒牌本家德伯家走亲戚，和本家套近乎，以谋得一份差事。苔丝父母倒是“醉翁之意不在酒”，他们并不在乎这份差事，而是从德伯家公子那里得到暗示，要苔丝嫁到德伯家去，那他们德伯家也跟着荣华富贵了。苔丝到德伯家的差事是“伺候”一群鸡。其间，苔丝家里的确得到了来自德伯家的资助——获得了一匹干活的马和物质若干。苔丝并不喜欢德伯家的公子亚雷，但垂涎苔丝已久的“色狼”亚雷强暴了她。都是穷惹的祸，是攀高枝惹的祸。苔丝家陷入第二次危机，是在苔丝父亲去世之后。他们家连落脚的房子都没有了，此时苔丝又被新婚的丈夫克莱抛弃，亚雷又缠上来了，他给苔丝家安排了好的住处，安排了妹妹们上学，苔丝在母亲无奈的目光中，和她并不爱的亚雷走到了一起。富有的亚雷给予了苔丝家生存的可能，当苔丝要选择放弃时，家中的大大小小，是没有一个赞同的，苔丝离开亚雷意味着全家的生活又将陷入贫穷的境地。

二、内心痛苦，渴求宁静港湾。苔丝是痛苦的，失身的痛苦和失去丈夫的痛苦，诸多痛苦在折磨着她，像火上浇油，像往伤口上撒盐。虽然苔丝恶心亚雷，痛恨亚雷，亚雷毁掉了她的一辈子，但与克莱对她的抛弃与绝情相比，亚雷是实在的，而克莱是虚无的，苔丝不知道克莱哪一天回来，会不会回来。她对克莱从思念、等待到绝望经历了一段痛苦的煎熬过程，她等不来克莱的丁点儿讯息，她以为克莱永远地抛弃了她。苔丝累了，她的身体和心灵都需要停靠。而亚雷在这个合适的时间合适的地点出现了，亚雷不仅在物质上给予了她及她的家人安全感，而且在灵魂上希望得到苔丝的饶恕。苔丝开始接受现实，虽然她并没有在情感上接受亚雷，但她和亚雷一起过上了富足也平静的生活——她衣着光鲜，美丽依然，住在高档的公寓里，神态平静。所以，当从非洲回来的克莱突然出现在她面前时，苔丝惊慌失措，她不断重复简短的话语："现在太晚了。""太晚啦，太晚啦!""可是我——我，太晚了。""他待我很好，并且我父亲死后，他待我母亲，待我家里的人都好。""他又把我弄回去了。"——说到这里，我不得不惊叹哈代的写作能力，他如此安排苔丝的话语和神态，是很适合人物的现状的，此刻的苔丝除了如此之外，似乎再找不到恰当的表达方式了——我们可以想象苔丝选择离开亚雷·德伯，需要多大的勇气和决心，一旦选择离开，所有的平静将再度被打破……

无论多么艰难，苔丝选择了，选择放弃富裕而平静的生活，义无反顾地奔向激情的爱。

我们有必要把苔丝人生选择的难题拿到现在来，发一份调查问卷，相信回答这问题的人会有不同的选择：一部分人会选择物质的富有，就是说会选择与亚雷在一起，享受富足与稳定的生活。她们并不愿重新接受克莱，她们爱的价值观已经发生变化，认为与克莱的火一般的爱属于过去，人生经历一次足矣，不愿再次陷入思念的痛苦和被抛弃的恐惧中；而亚雷的物质和对“我”的好属于现在和将来。在物质之爱与精神之爱中，一部分人宁可压制精神之爱，也要享受物质之爱。所以部分现代女性在寻觅对象时，注重的是否拥有较好的物质保障，而不在意对对方是否有“心跳的感觉”。这与苔丝不同，苔丝无法压制对克莱的爱，但她选择逃避。

一个时代有一个时代的选择，但我仍然欣赏苔丝的选择，我认同哈代的看法，苔丝是个“纯洁的女人”，她选择了爱，同时也选择了毁灭，这是一种伟大精神的选择。

忠诚——“苔丝·德伯式”的忠诚。

苔丝最终选择回到克莱的怀抱，是因为忠诚，她忠诚于自己的内心，忠诚于爱。

小说从第三十八章到第四十四章，用了全书五分之一的篇章来写苔丝——一个痴心女子对有名无实的丈夫克莱的思念、期盼和等待。哈代的笔调是同情的，又是绝情的，他同情苔丝以泪洗面的等待，他绝情的是，让苔丝的等待陷入没有尽头的绝望中。苔丝不止一次地这样说：“我等你，等了又等，可是你老不回来！我写信叫你，你还是不回来。”我试图从小说中找出克莱在非洲停留的时间，这是苔丝等待的具体时间，但哈代并没有用其他小说常用的“几年以后”“几年过去了”等词语，而且连隐藏的暗示都没有，所以我们无法知道时间有多长，哈代对这一时间长度的模糊处理，只能让我们同苔丝一样陷入没有尽头的等待之中。

苔丝在新婚之夜讲述了自己被强暴的事后，偏于幻想、爱得空灵的克莱无法接受，一瞬间“他脸上憔悴苍老了”。苔丝跪在克莱的脚旁乞求他的饶恕，克莱做不到，他说：“你从前是一个人，现在又是另一个人了。”两人都痛苦无比，苔丝痛的是即将失去真爱，克莱痛的是受到了欺骗。苔丝提出了离婚、提出了“你可以把我甩开”的请求，甚至准备用绳子结束自己的生命，但这些都因“有损你我的名誉”遭到了克莱的拒绝。新婚之夜，夫妻二人便分床而卧，三天后，克莱去了非洲。分手之前，克莱同意苔丝给他写信。最后，苔丝留下了一句话，她说：“因为我该受什么惩罚，只有你知道得最清楚。不过——不过——可别严厉到叫我受不了的程度!”苔丝一直希望得到克莱的宽恕。

受伤的苔丝，每次唯一的去处便是回到父母身边。一个寡居的女人要忠诚自己远方的丈夫，要忍受寂寞，排遣思念，抵挡诱惑。苔丝用不停的劳作和给丈夫写信——她并不知道丈夫能否读到它们——的方式来度过漫长时日。她穿上大而旧的劳动服来掩盖自己的容颜，她一直戴着结婚戒指，证明那段婚姻的存在。但她戴的地方与众不同，不是戴在无名指上，她把它拴在一根带子上，戴在脖子上——别人看不见，而她又为自己的丈夫确实戴着。只有到了晚上，苔丝才把戒指从带子上解下来，整夜把它戴在手指头上，“仿佛这么一来，她就可以增强力量，使自己感到她就是那位善于闪躲的情人的真正的太太。”这真是一种让人感慨的别样的忠诚。

终究，苔丝为她的家人和她等待的绝望，再次牺牲了自己。不过，即使她同亚雷居住在一起，她也没有停止对克莱的思念，她在亚雷家的小灯下，给他写长长的热烈的信——这倒是一种滑稽的做法——她在信中写道：“……咱们两个结婚以后，我的宗教就是：在思想上和外貌上都忠心对你，因此就是有人冷不防对我说句奉承话，我都觉得对不起你……”“……因为你不在这儿，所以我觉得，阳光之下，没有一样值得看的东西。地里的白嘴鸭和椋鸟，我现在不喜欢看了，因为我想起那个跟我一同看它们的你，我怎么能不难过呢？我不论在天上，不论在地上，也不论在地下，都不想别的，只想你，只想跟你见面。我自己最亲爱的！你来吧！快来吧！快来把我从威胁我的大难里救出来吧！你这心都碎了而仍旧至死不渝的苔丝。”这无疑是世间最忠诚最美妙的情书。正因为苔丝炽烈的永不熄灭的爱，所以当克莱突然出现在她面前时，她坚定地要和克莱在一起。苔丝为她的忠诚付出了生命的代价。不过在最后，克莱也醒悟了，我们听到了他最像个男人的一句话：“我永远也不能把你撂下了！不论你做了什么，也不论你没做什么，反正我都要用我的全力来保护你！最亲爱的爱人！”

任何时代，忠诚都是一种优秀的品质。很显然，当一个时代对物质的追求超出正常程度时，忠诚便成了一种稀有之物，背叛与反目便时时发生。所以在这个时代，我们更加思念苔丝——一个用生命书写“忠诚”二字的女人。

亚雷与克莱：两个“钟摆男人”

说到男人，人们会用阳刚、责任、坚强等词语来与之匹配，这是“真男人”。还有一种“伪男人”或“假男人”，就是软弱、寡断、啰唆的男人。哈代很厉害，苔丝身边的另一种男人，就是界于“真男人”与“伪男人”之间的一种男人：“钟摆男人”——这是我的说法。亚雷和克莱都属于“钟摆男人”，他们有“真男人”阳刚、负责任的一面，也有“伪男人”软弱、寡断的一面，他们在这两面之间摇摆，像钟摆一样，摆过去摆过来，摆过来摆过去。

或许有人会说，男人不都是有两面性的吗？还要你伟大的哈代来告诉我？不错，男人都有两面性，甚至多面性。不过，哈代写他们，并不是为了写出一种叫“钟摆男人”的新男人形象，哈代的目的，是为了写他们“摇摆”的本性，也就是写普遍人的“摇摆”的本性，让我们透过小说体味人性精妙的“微积分”。哈代并不是要告诉我们有这种男人，而是要告诉我们为什么会有这种男人，他们是如何摇摆的。在小说世界里，哈代大权在握，他是控制钟摆动力的那个人，最后他取出钟的电池，钟停止摆动——我们发现，亚雷依然是那个梦魇一样让苔丝走向悲剧的人，克莱也依然是那个宽恕了苔丝回归爱的人。

哈代作为一个出色小说家的成功之处也在这里，他展示了一些人是如何“摇摆”的，具体到亚雷和克莱，就是“恶”的亚雷差点成了“好人”，而“优秀”的克莱差点成了“罪人”。小说第六部分和第七部分，那些描写亚雷赎罪和克莱宽恕的文字告诉我们，在写两人的“摇摆”时，作者自己都在摇摆了。我想如果哈代不控制自己的文字，让亚雷得到真的拯救求得苔丝的谅解，让克莱永远不宽恕苔丝，那么小说的结尾将是一个光明的皆大欢喜的大团圆了。但最终哈代不再“摇摆”，哈代说，我只在乎事实是怎样的，而不在乎像别人说的事实应该怎样。他尊重了苔丝的选择——亚雷和自己都将死，所以，苔丝和两个男人均成了彼此的悲剧。

让我们回头来看他们的“摇摆”。克莱抛弃苔丝至少一年之后，苔丝走了十五英里的路去爱姆寺牧师公馆，想去看看克莱的牧师父亲，或许可以问问克莱的情况。苔丝心情复杂，胆怯地拉响门铃，但没人应。苔丝去了村子附近的教堂，她在那里听到了一个四年没有听到的声音、一辈子也不想再听到的声音——亚雷的声音。

这多少让苔丝有些胆战心惊，她原本希望，她早年的生命和现在的生命，是可以分割开的，但眼前的情形并没有让她的希望成为事实，亚雷再次开始纠缠她了。

这时的亚雷，仿佛换了一个人似的，在苔丝眼里：“从前他那脸上的曲线，表现一团色欲之气，现在貌是神非，却表现一片虔诚之心了；从前他那嘴唇的姿态，表现巧言令色的神气，现在这种姿态，却显出恳求劝导的神情了。”亚雷自己呢？与旧情人见面了，那个厚颜无耻、花言巧语的亚雷不见了，在苔丝面前，“他的嘴唇却只剩了挣扎颤抖的份儿了，一个字也说不出来了。他看见她以后，他的眼睛就四下乱瞧，不知往哪儿放才好，只是不敢往苔丝那儿瞧，却又忍不住，过几秒钟，就不顾死活地瞧她一眼。”亚雷变得紧张害臊了，这是一个人向善的表现，表面上至少他为自己当年的行为开始忏悔了。试想，如果亚雷还是以前那个吊儿郎当的亚雷，那这种神情便不会出现了，我们可以想象另一幅他们相遇的情景了。

亚雷的确是换了个人。他母亲死后，他成了讲道的人。他发下宏愿，“要尽我的责任，救世界上的人，免得他们将来受上帝的愤怒。”他甚至打算变卖所有产业后，上非洲去，尽自己全力，做传教的事业。而将亚雷劝导、指引到宗教路上来的正是克莱的父亲克莱牧师，亚雷当年侮辱过的那个人。

尽管如此，苔丝依然对亚雷没有好脸色，冷言讥讽：“我不信你会真变成好人。我不信你玩的这种宗教把戏。”亚雷并没有放弃，他给苔丝一家提供帮助，并承认自己错了——“你很苦，比从前我认识你的时候还苦，让你受这样的苦，是不应该的。也许这种情况大半部是我给你闹出来的吧！”然后乞求苔丝给他一个机会——“你能不能给我一个唯一的机会，让我把从前对你做的坏事补救补救？”亚雷再退一步——“你如果不给我一个机会，至少给那些需要拯救的人一个机会，你先拯救了我，原谅了我，我好去拯救那些需要拯救的人。”

读到这里，我真的很感动，这些言语，让我完全相信了一个放荡不羁的花花公子真的是洗心革面重新做人了，再想到可怜的苔丝新婚三天就被丈夫抛弃的痛苦，这将心都掏空了的痛苦已经超过了被亚雷强暴的痛苦了，苔丝应该得到钟情于她的、在她身边的人的爱，尽管这个人是亚雷，但他已经是“新”的亚雷了。如果哈代还活着，还在使用手机，我会给他挂个电话，对他说：“哈代先生，我们中国有句话叫‘狗改不了吃屎’，但是亚雷这只狗，不仅改了吃屎的习惯，而且他还变成了一只羊，吃进去的是草挤出来的是奶，他已经变成了一个比好人还好的好人了，他应该得到好报啊。”哈代可能会这样回答我：“朋友，亚雷是否变成了好人，我不知道，我只知道，他们都是像钟摆一样摆来摆去的人。”

亚雷终于俘虏了苔丝，他总是对苔丝“攻心”——你的丈夫永远不会回来了，你会成为一个永远的弃妇，我会给予你需要的一切。苔丝接受了亚雷。

当一切似乎尘埃落定、亚雷成为真正的“好人”时，哈代让摇摆的钟摆摆向了另一边——亚雷不去讲道了，他四年前的影子又回来了，他将自己没心思走上救世道路归罪于苔丝，他带着一种乏味无谓的鄙夷之意说：“你为什么又来诱惑我哪？我没看见你以前，我很有一番决心，不过你那两只眼睛和你那两片嘴唇儿——太厉害了。”这简直是无赖加流氓的“申辩”，亚雷从前的那些忏悔，只不过是虚伪的惺惺作态。

这就是“钟摆男人”的表演过程，他让我们读者跟着他在两极之间摆动，时而为他祝福，时而为他叹息，读者的情感在经历了冰火两重天之后，收获了对人生的感悟，对生活的慨叹。

至于那位狠心的克莱先生，哈代只用了短短三十五页——要知道与砖头一样厚的全书相比，这三十五页薄得像一片瓦——就让克莱从非洲返回并宽恕了苔丝。仿佛为了迅速结束这漫长的悲剧，哈代已经没有耐心再细致入微地分析下去了，就让一切结束吧。这样匆忙地处理，我觉得让克莱的宽恕来得太容易了，无法显示他内心的冲突与痛苦，有些不符合克莱的个性。不过，哈代依然让克莱的人生有了“摇摆”，这也是作者的一种“摇摆”吧。

苔丝隐瞒身体受污犯下错，伤害了克莱，克莱接受不了现实，远走非洲，期望用时间和距离去抚平伤痛，这是事实的一面。而事实还有另一面，克莱新婚不久抛下贫苦无依的苔丝，让苔丝陷入自责与思念的双重痛苦之中，生活无着，居无定所，还得防范亚雷的骚扰。作为一个男人，克莱是不负责任的。

非洲的生活历练了克莱，克莱看到苔丝的信，他很快便宽恕了她，克莱去找苔丝要和她在一起的那一刻，那个“自顾自”的“伪男人”瞬间没影儿了，变成了“真男人”。

哈代总在人物行为的摇摆之间“捉弄”我们，呈现小说的魅力。不过，两个男人的结局，仿佛是《德伯家的苔丝》最合适的结局。

天下母亲以及刷标语的人

无心插柳柳成荫，小说家的写作有时也是如此。没花心思，偶然从脑子里蹦出来的几个次要人物，进入小说帮衬主人公，着墨不多，角色也不重，往往成为整部小说中写得最精彩、最具活力、最吸引眼球的人物。是不是因为小说家写得很放松、很自由，所以人物的“神”一下子就出来了？可能。有时候，次要人物的出彩甚至会超过主要人物，颇有些喧宾夺主的意味。这种情形，不知道是小说的成功，还是失败？也不知道是该为小说家献花，还是泼冷水？

《德伯家的苔丝》中，除了主要人物苔丝、亚雷和克莱外，让我无法忘记的还有两个小人物：一个是昭安·德伯，即苔丝的母亲；另一个是一个提油漆桶刷标语的人。昭安·德伯在小说中出现的次数多些，有六次，而刷标语的人，“出镜”仅两次，字数不足千，甚至连名字都没有，我只能称他为“刷标语的人”。两人写得成功，前者是因为作为“母亲”典型而存在，且作为典型形象个性突出；后者是因为作为个人而存在，且在个人中又有某种普遍性。

很显然，这两人是哈代的神来之笔。

昭安·德伯是一位既“可爱”又“可恨”的母亲。说她可爱，是因为同天下所有母亲一样，德伯太太爱孩子，疼孩子，是孩子最亲最信赖的人。有人说，母爱是天下最宽广无私的爱，母亲的胸怀永远是儿女们身心停靠的港湾，这话不假，德伯太太对女儿苔丝来说，也是如此。女儿如果在外受了委屈，回家第一个倾诉对象大多是母亲，母亲温和、包容，而且永远站在女儿这一边。

所以，当苔丝两次受到无情打击——一次是被亚雷强暴，一次是被克莱抛弃——人生几乎无法支撑下去的时候，苔丝两次回到家，每次见到的第一个人都是她的母亲德伯太太。

我们来看小说的描述。第一次，苔丝受污后，身心疲惫地回到家，小说这样写道：

“一缕轻烟，从她父亲家的烟囱里忽地冒出，她见了心里难过起来。她进了家，看到屋子里面的光景，难过得更厉害。她母亲刚下楼，正弯着腰点剥了皮的橡树枝子，烫水壶，做早饭，见她来了，转身和她打招呼。孩子们还都没下楼，她父亲也没下楼。那天正是礼拜天，所以他觉得，多躺半点钟原属应该。

“‘哎哟，俺的乖乖，敢情是你！你走到俺紧跟前儿，俺才看出来是你！你是来家预备结婚的吗？’她母亲看见她到跟前，一面嚷着，一面跳了起来，去吻那女孩子。

“‘不是，妈，我不是为那个来家的。’‘那么你告了假了吗？’‘不错，告了假啦，告了长假啦。’苔丝说。‘怎么，咱们那位本家不办那件大大的好事儿啦？’‘他不是咱们的本家，他也不想娶我。’她母亲把她仔细打量。‘到底怎么啦？你的话还没说完哪。’她说。于是苔丝走上前，把脸贴在昭安的脖子上，告诉了她一切的情况。”

第二次，苔丝与克莱分手后，伤心无比，孤独地回到家，小说这样写：

“她看见了她父亲家里那个烟囱的时候，就心里想，那一个家，她怎么能进去呢？她的父母弟妹，都正在那所草房里，坦然平静地琢磨她现在怎样快活美满哪——琢磨她怎样正和一个比较有钱的丈夫，到远处去做蜜月旅行，她丈夫将来要跟她怎样过荣华兴盛的日子哪；谁想得到，她却在这儿，举目无亲，孑然一身，世界之大，再也没有其他较好的地方可以去得，只能仍旧蹭回到自己旧日的家呢！

“她走上园径，听见她母亲在后门那儿唱小曲儿，她走上前去一看，只见德伯太太正在台阶儿上拧床单子。她并没看见苔丝，所以拧完了床单子，就进了屋子里面去了；她女儿跟在她后面。

“洗衣盆仍旧放在旧酒桶上那个老地方。她母亲把床单子放在一边儿，正要把胳膊再伸到盆子里。

“‘哟——苔丝吗！——我的孩子——俺想你结了婚了吧！这回可是千真万确地结了婚了吧——俺们把苹果酒——’‘不错，妈，是千真万确地。’‘千真万确地要结婚?’‘不是，我已经结过婚了。’‘结过婚啦！那么你丈夫呢?’‘哦，他走啦，暂时走啦。’‘走啦！那么你们是哪一天结的婚？是你告诉俺们那一天吗?’‘是，就是礼拜二那一天，妈。’‘今儿刚礼拜六，他就走啦?’‘不错，他走啦。’‘这是怎么回事啊？俺说，你怎么嫁了个这样该死的丈夫哪！’”

哈代将苔丝两次回家写得很有意思：两次都写到了家里的那个烟囱，写到了家里无任何改变的贫苦，这给苔丝的打击是雪上加霜，“穷人的孩子早当家。”苔丝本来是想改变家里的景况出去的，现在倒好，在外身心受了伤害，回家看到的又是如此情形，更加难过，觉得对不住父母。再者，两次都写了苔丝母亲吃惊的表情和语言，苔丝母亲跟女儿交谈的第一句话，总离不开女儿结婚的话题——“你是来家预备结婚的吗?”“这回可是千真万确地结了婚了吧!”德伯太太的“可爱”之处便显示出来了，一位农家妇女对女儿命运及家庭景况的改变全寄望于女儿嫁了一个有钱的丈夫，这种问话，问一次便伤一次苔丝的心，也伤一次读者的心。所以说，哈代这样写德伯太太是很有力量的，一个神态，一个问话，就把人物写活了。

母女对话之后，苔丝“把脸贴在昭安的脖子上”，向母亲倾吐她的遭遇，苔丝悲伤至极，用眼泪清洗她内心堆积的郁闷，一个母亲再怎么势利，她的胸怀都是柔软和温暖的，总可以包容和化解女儿的不幸。很快，知道详情的德伯太太，不再责怪自己女儿没有使劲儿抓住给她带来伤痛的男人，而是将攻击的矛头掉转过来，对准那两个“该死”的男人，以此来安慰自己的女儿。德伯太太说：“也罢，俺想咱们只有尽力往好里对付了。”“得，得，已经做过的，不能变成并没做过的呀!”德伯太太另一个“可爱”之处便在这里，在大是大非的问题上，她不糊涂，她永远站在女儿的立场上。

同时，德伯太太又是一位“可恨”的母亲。她图慕虚荣，好面子，将改善家境的赌注压在苔丝的婚姻上，某种程度上说，苔丝悲剧的发生，德伯太太逃不脱干系，她起了推波助澜的作用，至少有关键的两件事可以说明这位母亲的“可恨”之处。一是故事开始时，苔丝去德伯家打探后并不想去德伯家干活，因为她看不惯亚雷的“色”样，而苔丝母亲隐瞒了亚雷送来的求爱信，说成是通知她去上班的信，尽管德伯太太预感不好，但是她的虚荣心战胜了对女儿未来的担心，还是敦促女儿去“出嫁”了。二是小说中间，苔丝就要嫁给克莱了，但是苔丝坐立不安，很苦恼，她不知道结婚前是否要将过去受污的事告诉克莱，苔丝写了封急迫的信征求母亲的意见。德伯太太迅速亲笔回信，她以一个过来人丰富的人生经验告诉苔丝，她说：“……不过关于你那个问题，苔丝，我嘱咐你一句话：千万不要把你从前的苦恼，对他露出一丁点儿来……我为你的幸福打算，特为逼着你，要你答应我，不许你在言语里或举动上，露出你从前的苦恼来。”德伯太太可谓用心良苦，再三交代，苔丝听从了母亲的话。可以说，正是德伯太太这两次关键时刻的“隐瞒”，使悲剧不可避免地发生了。尽管如此，善良懂事的苔丝似乎并没有“恨”自己的母亲，对母亲来说，女儿也是宽宏大量的。

我们回过头来，看看那位快要被人遗忘了的提着油漆桶到处刷标语的人。

苔丝受了亚雷的侮辱，返回家乡，在到家之前，她碰到了刷标语的人。刷标语的人“把篮子和铅铁罐儿放在地上，用画笔搅罐里的涂料，往作篱阶那三块木板中间那一块上，动手描画起方方正正的大字来”。

一百多年前的英国，刷的是什么标语呢，那个刷标语的人告诉了我们，他们刷的是：“你犯罪的惩罚，正眼睁睁地瞅着你。”“不要犯奸淫罪。”他们刷的是上帝的一些话，告诫人们要恪守道德，守身如玉。小说中那个刷标语的人说，“一个礼拜，我为人类争光，工作六天；到了礼拜天，我为上帝争光，工作一天。”当苔丝看到墙上这些标语时，心虚地问他，声音都有些颤抖：“假使你犯的罪，不是出于自己的本心，那该怎么样呢?”这位刷标语的先生绕来绕去后说：“那让看的人问自己的心好啦。”这完全是上帝的口吻，这话的确如苔丝说的“能把人吓死，能要了人的命”，因为人可以欺骗别人，唯一欺骗不了的是上帝。所以那位先生吓着了可怜的苔丝，他的气势——一个刷标语的人把自己当成了上帝的代言人。

那位刷标语的人在九十六页出现后，再次出现也就是最后一次出现，已经是在小说的第三百六十二页了。亚雷告诉苔丝，刷标语的那个人，是自己和别的同道雇的，专在这一带，涂写这些醒世经义。弄了半天，原来那个有上帝口吻的刷标语的人是“流氓”亚雷雇佣的，真是滑天下之大稽。

最后，我想提提这部书的翻译。我读的是人民文学出版社 1984 年 7 月版，由张谷若先生翻译。读来流畅，如多年陈茶散发的古香。这或许得益于张谷若先生（1903—1994）的中国古典文学的功底。外国小说读出中国古味，也算奇迹之一吧。张谷若，是山东烟台人，毕业于北京大学英文系，北京大学英语系教授，翻译哈代小说多部。不过，译文让我感觉怪怪的是，将“我”“我们”译成了“俺”“俺们”，我不知道如果全篇用“我”“我们”会感觉怎样，但是，谁叫张先生是山东人呢。

后　记

我曾经有过理想，花一辈子时间，写就一部砖头那般厚的长篇小说，印一千册，送给亲人、朋友之后，留下一两本，最后我进棺材时拿它作枕头。此生足矣。

我为这理想得意过一阵子。一辈子、一本书——互为等号，彼此融汇，存在与虚无，浓缩与铺陈，自我与他者，一个人的一切，似乎都在这里边了。我得意用这种方式来回答自己的一生。

要写一部小说，而且是一部出色的小说，必先读。那些糟糕小说的糟糕之处，那些出色小说的出色之处，只有去读，才能心中有数，只有懂得读，才能懂得写。于是，为了我的理想，我开始海绵吸水般地阅读。

《德伯家的苔丝》《霍乱时期的爱情》《日瓦戈医生》《德语课》《刀锋》《活下去并且要记住》《长日留痕》《堂吉诃德》《革命之路》《肖申克的救赎》《佩德罗·巴拉莫》《军官病房》《海上钢琴师》，以及卡尔维诺、卡佛、麦克尤恩、塞林格……这些有人问津，或无人问津的小说，这些活着，或死去的小说家，他们陆续来到我的身边，像我的家人一样与我朝夕相伴。

与他们相处五六年之后，我决定离开他们，开始自己的小说旅程，我没有忘记我的理想，从那一刻开始，我决定汗流浃背地工作。当我回过头来，整理我即将开始的旅程的行囊时，发现里边塞满了一页一页文字，那是我阅读他们时留下的印迹——一些很想说的话、一些感触较深的话、一些对自己较重要的话。

这些话收拢到一起，便有了这样一本书。这是一个意外事件，就像你没打算要一个孩子，他偏偏就来了一样。

来了就来了。我不知道您——偶然读到这些文字的您——是否满意他，因为这些发自我内心的文字，对我重要，对您是否也重要，那只能听天由命了。或许压根儿您就见不到他——我是说这本书——那也就无所谓满意不满意了，因为这世界，缺很多东西，就是不缺一本书，所以您读不读得到这本书，已经无足轻重了。一本书而已。

2018年9月　福州